SV

Band 1268 der Bibliothek Suhrkamp

Gerhard Meier
Land der Winde

Roman

Suhrkamp Verlag

Erste Auflage 1997

Druck: Nomos Verlagsgesellschaft, Baden-Baden
Printed in Germany

1 2 3 4 5 6 – 02 01 00 99 98 97

Land der Winde

Der Mensch, vom Weibe geboren, lebt kurze Zeit und ist voll Unruhe.

Hiob

»Viele meiner Kollegen waren Macher. Und Gemachtes ist leichter nachzuvollziehen. Ich war ein Wesen, das aus der Müdigkeit kam. Vielleicht kommt auch das Maßliebchen von dort?

Während viele meiner Kollegen Flüsse ausmaßen, Seen, Tiefebenen, Historienbilder, Häuser und Herzen, zu schweigen von den Wegen, die zurückzuführen hätten (ins Paradies), schwang ich mich auf den schwarzen Schimmel, um hinter die sieben Berge zu entkommen, ins Sneewittchenland sozusagen; denn auf dem schwarzen Schimmel zu reiten – sei Kunst, sagte unsere Enkelin, als sie fünf, sechs Jahre alt war.

Ich hatte Pferden oft zugeschaut, den gewöhnlichen, vor allem wenn ich die Grippe hatte. Es waren die Pferde unseres Nachbarn, der sich erhängte, als er mit ihnen nicht mehr zu Rande kam. Vier Wochen später wurde auf der großen Matte des Eierhändlers ein Fest veranstaltet, nicht ihm, sondern den Verwandten seiner Schwägerin zu Ehren. Wobei der Vollmond über der von innen erleuchteten, rot-weiß gestreiften Festhütte stand, was dem Ganzen etwas Zirkushaftes gab, untermalt von Trachten- und Volksliedern.

Manchmal stellte ich auf den Bäuchen besagter Pferde Drehbewegungen fest, worauf die Pferde emporsprangen, an der großen Matte des Eierhändlers entlanggaloppierten, die Köpfe herumwarfen, so daß anzunehmen war, die Pferde könnten Glück produzieren in ihren Bäuchen, und für den Eigenbedarf.

Ich ertappte sie auch beim Meditieren, ausgerichtet nach Osten hin, nach dem Reich Kaiser Franz Josephs also, wo es die Reiterheere gab, wie es im Himmel ein Heer auf weißen Pferden gibt.

Kunst ist – auf einem schwarzen Schimmel zu reiten. Das glaubte ich meiner Enkelin. Ich habe Kindern immer geglaubt.

Beim Reiten auf dem schwarzen Schimmel wurden die Flüsse ausgelöscht, die Seen, Tiefebenen, Historienbilder, Häuser und Herzen, auch die Inseln mit den Liebespaaren darauf und den Seerosen darum herum, auch der Nebel über den Tiefebenen, der zuweilen aufstieg und als duftiger Schleier dahinzog, über Skabiosen mit Kohlweißlingen darauf.

Hinter den sieben Bergen dann lag einem eine Welt zu Füßen, die etwas von Caspar David Friedrichs *Böhmischer Landschaft* an sich hatte, mit einem Klang darüber, der von Weingläsern herzurühren schien, deren Ränder mit feuchten Fingern bestrichen wurden, von Witwen beim Leichenmahl ihrer Männer.

Reglos, als Häuptling Seattle gleichsam, mit dem Weltenwind im Gesicht, ging einem auf, daß die große Matte des Eierhändlers mit dem Festzelt darauf, dem rot-weißen, und dem Mond darüber, dem vollen, und dem Reich dahinter, in das die Pferde des Nachbarn zu starren beliebten, nur ein Abguß sein konnte der großen Matte des Eierhändlers, die einem hier, im Sneewittchenland, zu Füßen lag, mit dem Festzelt darauf und dem Reich Kaiser Franz Josephs dahinter, welches den Kafka hervorgebracht hatte, den Anton Bruckner, Joseph Roth, der seinerzeit den Untergang dieses Reiches mit Noblesse festgehalten hatte, im *Radetzkymarsch,* einem Werk von kristallenem Klang, gewissermaßen.

Mit einer Skabiose im Maul und im Galopp brachte er einen wieder heim, an den Rand der großen Matte des Eierhändlers, die eine Zeitlang nur noch Hahnenfuß hervorgebracht, was ihr aber einen fernöstlichen Einschlag zu geben vermocht hatte.

Und man hatte dann wirklich den Eindruck, die Welt hier rieche nach Gips …

Die Welt existiert erst, wenn sie formuliert, in Sprache gefaßt vorliegt. Darum wurde ihr wohl auch gleich die Bibel nachgeliefert, worin sogar geschrieben steht: ›Im Anfang war das Wort.‹ Und weil die Welt sich laufend verändert, muß sie laufend neu formuliert werden, was den Überhang an Formuliertem erklären mag, der nicht eitel Freude bereitet, denn wer möchte schon alles nachgetragen haben? Zum Beispiel das von der großen Matte des Eierhändlers, mit rot-weiß gestreifter Festhütte darauf und dem Vollmond darüber und den Pferden daneben und dem Reich Kaiser Franz Josephs dahinter, wobei die Festhütte, wie gesagt, erleuchtet und von Volksgesängen durchdrungen war …

Amrain war das Zentrum der Welt. Ich hatte es festgestellt, als ich an einem Morgen und sonntags zur Post ging, verhältnismäßig früh am Tag also, und Anfang November. Auf dem Heimweg kam ich an der Brauerei vorbei. Die Bäume ließen die Blätter fallen. Der Wind wirbelte sie herum. Die Toten, das heißt, der alte Fabrikschmied, mein Schulkamerad (Kaufmann und Klavierspieler, Chopinspieler), der massige Wirt der Brauerei, der Chirurg Dr. Ramser und der Schuhmacher, der über viele Jahre seines Lebens Oberturner war, alle diese Dahingegangenen schauten den Blättern nach. Und ich fühlte, sehr heftig eigentlich, daß das nun das Zentrum der Welt sein mußte: Amrain, insbesondere die Brauerei zu Amrain, samt den Häusern darum herum, dem Boden darum herum und samt den Bäumen darauf, auch jenen, die es nicht mehr gab.

Noch ehe ich zu Hause war, dachte ich an Jasnaja Poljana, und daß ich immer, wenn die Blätter fielen, *Krieg und Frieden* hatte lesen wollen ...

Die Brauerei in mir drin, die noch alle Bäume um sich herum hatte, also auch die zwei feinblättrigen Akazien an der Nordseite, in deren Kronen sich jeweils das große Gelächter verfing, das der massige Wirt von sich gab, bei offenen Fenstern und leerer Gaststube eben, diese Brauerei war wirklicher als die, die gerade umgebaut wurde, ohne daß dabei die großen Umrisse verändert worden sind; einzig die zwei Kastanien an der Westseite mußten weichen, unter welchen Anfang der zwanziger Jahre das Turnerfoto gemacht wurde, das dann perlmutterfarben neben einer Badezimmertür hing, ennet den Bergen, nicht jenen sieben freilich, hinter welchen das Sneewittchenland lag, das Friedrichs *Böhmischer Landschaft* glich, mit einem Glasklang darüber, das sich in einem selbst vorfand, und in dem die Welt aufgehoben, während die wirkliche der Verwitterung anheimgegeben war. Wobei der schwarze Schimmel, jener mit der Skabiose im Maul, die Verbindung zu gewährleisten hatte zwischen hüben und drüben.

Die Brauerei hinter den sieben Bergen also wurde sommers immer wieder umspült von Mazurken, welche mein Schulkamerad dem schwarzen Klavier entlockte in der Stube über dem Stoffladen, von wo ich zuschauen konnte, wie besagter Wirt das Einfahren der Erntewagen in die Scheune überwachte, die Hände in die Seiten gestützt.

Beim Festzelt, mit dem Licht und den Volksklängen darin, welche die rot-weißen Planen durchdrangen, um sich über die Matte auszubreiten, mit dem Vollmond darüber, über die große Matte des Eierhändlers, neben welcher sich vier Wochen zuvor der Bauer aufgehängt hatte, nachdem er mit den Pferden und anderem nicht mehr zu Rande kam, bei diesem Festzelt also wurde gegen Mitternacht auch noch ein Feuerwerk losgelassen, unter Böllerschüssen sozusagen und bewundernden Rufen der Herumstehenden, von denen sich etliche abgelöst und an die Stämme der Apfelbäume gelehnt hatten, wo es früher großblütige Vergißmeinnicht gab, um nach den Sternen zu schauen, über welche der Bauer von nebenan gewandert sein mußte und weit darüber hinaus ...

Unsere Mundart roch wie das Leben. Sie kam auch daher wie das Leben. Von der Mundart her bekam die Schriftsprache etwas Bäurisches mit, etwas Schwerfälliges. Sie wurde also von den Rändern her um Versatzstücke gebracht, um Brillanz, so daß sie ein klein wenig nach Federvieh zu riechen begann, nach Maßliebchen. Und was die Sprache nicht zu schaffen vermochte, das schaffte die Bildnerei. Und was der Bildnerei nicht gelang, blieb der Musik vorbehalten. Vielleicht war die Welt ein Klang ...

Nie habe ich mich einspannen lassen vor den Karren jener Herolde, die jeweils Eden auszurufen beliebten, das neue natürlich, mit Blut und Tränen erkauft. Verfallen hingegen war ich von jeher der Hinfälligkeit, dem zerbrechlichen Menschen, dem Klang, der die Welt ausmacht.

Diese Herolde führten Aufklärer mit sich, die angesetzt wurden auf die Spuren schwarzer Schimmel vor allem. Worauf diese in die Berge zu entkommen versuchten, hinter welchen das Sneewittchenland lag, jene Gemarkung, die etwas an sich hatte von Caspar David Friedrichs *Böhmischer Landschaft*, mit einem Klang darüber, der an ein Weinglas denken ließ, dessen Rand mit feuchtem Finger bestrichen wird.

Diese Aufklärer machten nebenbei in Aufklärung, die bereits mitten in Eden passierte, unter dem Baum des Lebens, als die Schlange der Eva gebot, von dessen Früchten zu essen, auf daß sie werde wie Gott.

Das geschah also im Garten Eden schon, wo allerlei Bäume aufwuchsen, lustig anzusehen, und der wieder erstehen wird, aber nicht durch Herolde und Aufklärer, sondern durch den, der den großen Klang erzeugt, indem er mit trockenem Finger an der Spirale des Nebels im Sternbild der Jagdhunde entlangstreicht, daß es widerhallt bis an die Ränder der Welten ...

Bei uns wurde also auch herumgekarrt, nur knarrten hier die Karren etwas lauter, so daß sich davonstehlen konnte, was sich gefährdet fühlte. Wobei der Weltenwind von hinter den sieben Bergen her gelegentlich ein Wiehern wehte über das Knarren hin.

So hatten auch wir unsere Geräusche, wir vom Rande des Raums, des germanischen, von wo der Grüne Heinrich herstammt und der Jakob von Gunten, die aber beide um die Zentren gewußt haben, um Berlin zum Beispiel, die Stadt auf dem Sand der Mark Brandenburg, nördlich derer Uwe Johnsons Mecklenburg lag, an das sich die Ostsee anschloß, deren kurze Wellen, nach Johnson, *kabbelig* genannt worden seien.

Schön wäre es gewesen, wenn der Grüne Heinrich, der Jakob von Gunten und meine Windfiguren sich hätten finden können, als Wanderer gewissermaßen – Wanderer vom Rande des Raums. Und wenn der Marcel Proust, Claude Simon, Samuel Beckett, Leo Tolstoi und die Virginia Woolf dann auf schwarzen Schimmeln, quasi als Don-Kosaken, in Erscheinung getreten wären, hätten meine Windfiguren, Jakob von Gunten und der Grüne Heinrich gewiß dem Meretlein zugezwinkert – dem Meretlein im Bohnenfeld. Und Uwe Johnsons Mecklenburg hätte wieder Mecklenburg geheißen. Und die Kohlweißlinge im Kirschgarten wären wieder Schneeflocken vor den Fenstern des Instituts Benjamenta gewesen. Und die Walzerklänge vom Kaiserball zu St. Petersburg hätten als Staubfahnen der Don-Kosaken figuriert, wobei diese Klänge der Natascha gegolten hatten, dem Fürsten Andrej. Und die Chrysanthemen vom Blumenmarkt auf dem Bärenplatz zu Bern wären jene gewesen, die

Marcel Proust in Odettes Salon plazierte, wo sie die Farbklänge der untergehenden Sonne zu imitieren hatten, wenn der Novemberhimmel über Paris erloschen war (während nun der Himmel über dem Bohnenfeld zu glühen geruht hätte).

Am Bärenplatz übrigens lag das Fédéral, wo Robert Walser ein und ausgegangen ist, wenn er nicht gerade an seinen Mikrogrammen schrieb. Von dort aus ist er dann aufgebrochen ins Glasland – ohne wiederzukehren.« –

Gerassel eines Schnellzugs deckte das Gerede zu, das aus dem Winterasternstrauß gedrungen war. Ostwind bewegte die Blüten, die porzellanfarbenen, von den Rändern her rosa eingefärbt. Darüber stand geschrieben – KASPAR BAUR –, wobei die Buchstaben in den Kalkstein gehauen waren, in jenes Material, aus welchem der Berg aufgebaut ist, der sich nördlich von Amrain hinzieht. Um mich herum waren also nicht die Toten von SPOON RIVER, hier lagen die Gebeine der ehemaligen Amrainer, in einer Tiefe von ungefähr einem Meter fünfzig und ziemlich gehäuft vermutlich, denn Amrain besitzt ja kein Beinhaus. Darunter mußten sich Schädel, Wirbel-, Ober- und Unterschenkelknochen von Baurs Mutter befinden, seines Vaters, der Julia, der Lina, aber auch jene des alten Fabrikschmieds, des Wirts der Brauerei, des Schuhmachers, der über viele Jahre seines Lebens Oberturner war. Wobei die Gebeine von Baurs Vorfahren mütterlicherseits in der Erde der Insel Rügen ruhen mußten, denn Baurs Mutter stammte aus dem nördlichsten Deutschland, woher sie, zusammen mit ihrem Mann, zu Anfang des Jahrhunderts in die Schweiz hergereist kam, die Insel Rügen im Herzen behaltend, so daß Kaspar Baur inmitten von Gänsen, Enten, Trut- und gewöhnlichen Hühnern aufwachsen durfte; einzig die Schafe fehlten, welche ihr Vater gehütet hatte, als Oberschäfer und auf Stelzen (um die Herde besser überblicken zu können).

Da lagen sie nun, die Toten von Amrain, machten in Litaneien, während die Winde übers Land strichen und das Martinisömmerchen den Birken gelbe Blätter aufsetzte, die im Wind vibrierten, in einem Wind, der aus dem Osten kam, wo's die Kesselschlachten gegeben hatte, und wo noch immer Totenschädel herumliegen, Oberschenkelknochen, mit und ohne Schenkelhals. Und nie scheint der Himmel tiefer, nie sein Licht bedrängender zu sein, als zur Martinisömmerchenzeit. Wobei wir, Baur und ich, ausgerechnet im Zenit eines Sömmerchens, am Martinstag des Jahres 1977, unseren Rundgang in Olten getätigt hatten, dabei auf eine *historische* Lokomotive stoßend vor den Werkstätten der Schweizerischen Bundesbahn. Man schritt über die Gösgerstrasse ins Industriequartier, dessen Straße von Ahorn- und anderen Bäumen gesäumt war, gelangte über eine große Schlaufe wieder an die Aare zurück, folgte dieser gegen die Strömung, überquerte die Trimbacher Brücke, um eine Schlaufe durch die Altstadt zu ziehen, dabei das alte Spital passierend, das einen an die Liegenschaft von Jasnaja Poljana gemahnte, Tolstois Landsitz. Nachdem man die Matte überquert, auf welcher sich das Tennisspiel ohne Ball abgespielt hatte, stand man ein wenig später vor dem Zoohaus *Arakanga* an der Unterführungsstrasse 18, wo sich der Papagei gerade hinter dem rechten Ohr kratzte (mit zwei Zehen des angeketteten rechten Fußes), wobei das Ohr natürlich nicht zu sehen, der Stelle nach aber zu vermuten war. Das rechte Auge hielt er genüßlich geschlossen, den Kopf leicht nach rechts geneigt. Worauf man dem Ausgangspunkt zustrebte, während der Westhimmel ein Aquarell simulierte, aus Rosa-, Grau-, Blau- und Orangetönen, ein Aquarell riesigen Ausmaßes. Dann begann es zu schneien.

Das war nun also der Fleck Erde, wo sich die Urne des Kavalleriemajors zu Füßen des Grabes seiner Gattin befunden, aus welcher der Wind dann und wann eine Prise Asche geweht habe, Richtung Gehöft des Kavalleriemajors, das nicht mehr existiert. An seiner Stelle befindet sich heute das Weberhaus. Und da habe auch der Grabstein mit dem Engel gestanden, der Grabstein der Mutter von Baurs Schulfreundin Linda. Er hatte, nach Baur, eine Lilie in der Hand, dieser Engel, und Flügel, während die Frau des Kavalleriemajors auf ihrem Stein einen Engel ohne Flügel hatte. Dafür hielt er eine Rose in der Hand, eine weiße vermutlich.

Als wir damals, am Karneval, auf dem Friedhof zu Amrain eine Deponie von Grabsteinen antrafen, erwähnte Baur, daß darunter auch jener von Lindas Mutter sei, auch jener der Frau des Kavalleriemajors, also Grabsteine mit Engeln darauf, mit und ohne Flügel, beide aber mit einer Blume in der Hand.

So geht die Zeit dahin! Und es ist, als würde sie von

Winden verweht, über die Meere hin, die sich ihrer bemächtigten, so daß die Brandung eigentlich hörbar gewordene Zeit wäre, von Menschen abgestotterte Zeit, abgestottert auch von Maßliebchen und Schwalben, wobei letztere ebenfalls Meere überqueren, was der Brandung einen Unterton mitzugeben hätte: das Rauschen der Flügel der Schwalben. Kaspar soll sie übrigens gemocht, soll sein Leben in Tage mit und ohne Schwalben eingeteilt haben.

Eigentlich hatte ich vorgehabt, im September auf Kaspar Baurs Grab zu pilgern. Der September war für uns beide immer so etwas wie ein Mörike-Monat, vermutlich Mörikes Septembergedichtes wegen, das man septembers jeweils zu lesen beliebte, ohne freilich auf die Fülle von Goldlicht zu stoßen, mit welcher die Erinnerung es angereichert hatte.

Nun war es November geworden, Zeit der Winterastern, indes jene auf Kaspar Baurs Grab porzellanfarben waren, wie gesagt, von den Rändern her rosa eingefärbt, was einen an Baurs letzte Nacht denken ließ, wo die Eschen vor dem Spital den ersten Schnee entgegenzunehmen hatten, auch die Dächer von Amrain. Nun ruhten einige von jenen hier, die damals unter den Dächern mit dem ersten Schnee geschlafen hatten, hier, einen Meter fünfzig unter dem Boden, ihre zweihundertzwölf Knochen schön geordnet, denn man hatte ihre Gräber noch nicht eingeebnet, nicht umgewühlt. So lagen sie also da, seine Cousins, Cousinen, versammelt um Kaspar Baur, Verwandte, mit denen er eigentlich, soviel ich wußte, nicht zu verkehren geruht hatte, obschon er teilgenommen habe, aus

Distanz zumindest, an ihren Tagen mit und ohne Schwalben. Und wenn er sich verabschiedet habe von dem einen oder andern seiner Verwandten, am offenen Sarg und anläßlich eines Kondolenzbesuches, sei er für gewöhnlich erleichtert gewesen, obwohl auch deren Leben angereichert gewesen sei mit Martinisömmerchen, Schwalben und dem Duft der Steinbrüche, der sich an warmen Tagen ausgebreitet habe bis an die Ränder der Ebene. –

Statt nun, wie es sich gehört hätte, den großen Klang aus dem Sternbild der Jagdhunde zu vernehmen, hörte ich das Klavierspiel des Bäckers, Lindas Vater, das an Sonntagmorgen im Frühjahr aus offenen Fenstern über der Backstube und bis zum Domizil der Klara, einer Schulfreundin Lindas und Kaspars, gedrungen sei, was dann für sie, die Klara, deren Eltern, Geschwister und vermutlich für alle, die es gehört hätten, so etwas wie Frühlings Erwachen bedeutet habe, nach Klara eben. Dieses Klavierspiel mußte also die Schwalben in Aussicht gestellt haben, die normalerweise in ihre angestammten Nester zurückzukehren belieben, um wiederum Junge aufzuziehen, die im Herbst den Weg über die Meere finden.

So stand ich lange am Grab Kaspar Baurs, während durch die porzellanfarbenen Winterastern der Wind strich, von Osten her. Die Ulme (die vordere war längst dahin) hatte alle ihre Blätter verloren, wartete gewissermaßen auf den Rauhreif, der ihre Krone in ein Geweih zu verwandeln hätte, einem Wesen zugehörig, das der Auferweckung Ewigschlummernder harrt, um sie dorthin zu geleiten, wo kein Schatten ist, kein Winter.

Ich schaute nach dem Jura; versuchte mich zu lösen von allem um mich herum, was mir immer besser zu gelingen schien.

Es war ein Tag von geradezu entsetzlicher Schönheit, ein Tag, wo die Dinge, die Hügel, Berge, Bäume, Häuser, die Leute sich leicht gaben, so daß man den Eindruck hatte, der liebe Gott habe sie für einmal, zumindest für einen Tag, dem Joseph Mallord William Turner überlassen, dem Magier, der die Welt in Duft und Klang zu verwandeln vermochte.

Am liebsten wäre man Birken zählen gegangen, die Birken um einen herum und weit darüber hinaus, bis nach Rußland hin, dem Birkenland, das in solchen Zeiten ein Licht abgibt, das die Erde zu umspannen scheint.

Angebiedert hätte man sich auch gerne, den Birken, wenn man zum Beispiel müde angelangt wäre am Rande jener Matten, wo diese Kesselschlachten stattgefunden hatten, und wo noch Totenschädel herumliegen und Beckenknochen. Dort hätte man sich dann einlassen mögen mit einer bestandenen Birke, hätte in ihr sogar so etwas wie aufgehen mögen, um mit ihr die Nacht zu bestehen, den kommenden Martinisömmerchentag, soweit er diese Bezeichnung noch verdienen würde. Und aufgegangen in dieser Birke hätte man das Bedürfnis, den Wind entgegenzunehmen, und mit der Zeit dann den Schnee, die Kälte, um im Frühling, wenn die Erde blubbert, in einem neuen Grün zu beginnen, den Frühlingswind entgegenzunehmen, dann den großen Sommerwind.

So ein Tag war es, als ich in Amrain auf dem Friedhof stand, der jenem von Spoon River ähnlich sein mußte, am Grabe Kaspar Baurs, mit dem ich, wie gesagt, den Rundgang in Olten gemacht hatte, fast auf den Tag genau vor elf Jahren, und wo jener Papagei anzutreffen war, der sich gerade hinter dem rechten Ohr kratzte, das rechte Auge genüßlich geschlossen.

Also, ein Tag war's, wo die Dinge sich leicht gaben, wo man gerne bis nach Rußland die Birken zählen gegangen wäre, um dann am Rande des Geländes einer der großen Kesselschlachten sich mit einer Birke, einer bestandenen, einzulassen, in ihr aufzugehn und als Birke zu überleben.

Und ich dachte an das große, riesige, an dieses schwermütige Land, von dem man kurz zuvor in der Zeitung gelesen hatte, daß dort alles Schwere sei, ohne jeden Anflug von Leichtigkeit oder gar Heiterkeit. Das System und seine Bürokratie seien schwerfällig. Seit Jahrzehnten, seit Stalin, gebe es darin nichts Revolutionäres mehr. Moskau und die russische Landschaft seien schwermütig, wenn nicht gerade Sonne, Schnee und goldene Kuppeln sie verzauberten. Und schwermütig seien die Akkordeonweisen, zu denen im proletarischen Fili-Park am späten Sonntagmittag ältere Frauen in gespielter Fröhlichkeit ein paar Tanzschritte machten. Selbst die pastellfarbenen Moskauer Häuser seien nicht heiter. Die *russische Seele* sei reine

Schwere, wenn auch in Tschechows Dramen scheinbar schwerelos gemacht.

Der Wetterhahn, der goldene, auf der Kirche zu Amrain, krähte nun Richtung Südwest, was bestimmt dazu beigetragen hatte, daß die Dinge so licht, so leicht sich zu geben vermochten.

Von anderer Schwere seien die menschlichen Beziehungen, die Lebensgeschichten der russischen Freunde. Beinahe alle hätten die Schrecken des stalinistischen Terrors, die Greuel des Zweiten Weltkriegs und der späteren Repressionen der Sowjetmacht erlitten. Diese Erfahrungen machten sie mißtrauisch gegenüber allem, was das neue Sowjetregime an Reformen verspreche. Zynismus und Apathie wirkten als Bremsen gegen die Reformen, als Serum gegen jede offizielle Propaganda. Generalsekretär Gorbatschow selbst habe die Apathie in der Gesellschaft besorgt zugegeben. In den nächtlichen Gesprächen jedoch, die mangels Platz immer noch in den Küchen Moskaus bei Tee geführt würden, sei die Schwere tiefer Lebensfragen gegenwärtig. Wie solle man sich selbst treu bleiben unter einem Regime, das allem Individuellen weiterhin mißtraue?

Von Osten her hatten damals, am Karnevalssonntag, die Rätschen über den Friedhof hingeklungen. Und tags zuvor hatte man dem Kindermaskenzug beigewohnt, wo diese kindlichen Figuren sich in die Straßen ergossen hatten, um das Abbrechen der Zeit zu verhindern, in Amrain zumindest. Und doch haben viele Amrainer, wie mir Kaspar Baur erzählt hatte, selbst immer wieder hingewirkt auf das Abbrechen der Zeit, punktuell freilich, indem sie sich umgebracht hätten. Einer davon sei ein Junge gewesen, quasi ein Schmetterlingswesen, denn immer, wenn er diesem begegnet sei, hätten ihn Schmetterlinge umgeben, unwirkliche natürlich. Und dieses Schmetterlingswesen habe Maschinenzeichner gelernt, dann noch eine Maschinenschlosserlehre begonnen, um wirklich hineinzufinden in die Maschinenwelt. An einem Sonntagabend, vor dem Einrücken, habe er sich in der Tenne erhängt. Und noch im Tod sei er von Schmetterlingen umgeben gewesen. Katharina und er, Kaspar, hätten ihn dann besucht, als er eingesargt in der Aufbahrungshalle gelegen habe, die linke Schulter etwas hochgezogen, den Kopf leicht nach links geneigt, ein wenig verkrampft schlechthin, so wie er jeweils dahergekommen sei auf dem Weg in die Maschinenwelt. Ein geborener Biologe wäre dieser Mann gewesen. Und so sei er also etwas verkrampft dagelegen, eine Schulter hochgezogen, lächelnd, wie man zu lächeln pflege, wenn einem etwas mißraten sei. Und sie hätten ihm einige Rosen hingestellt, rosafarbene, wie sie es zu tun pflegten, wenn Leute aus Amrain, die sie gemocht, in der Leichenhalle gelegen hätten.

Und dieser Jüngling mußte nun hier auch irgendwo liegen, auf dem Amrainer Friedhof, wo sich auch der Bauer, der mit seinen Pferden nicht mehr zurechtgekommen war, befinden mußte.

Ich schaute in die Ulme, die ihr riesiges Geäst in den Martinisömmerchenhimmel ausstreckte, als wollte sie so viel als möglich erhaschen von dessen Licht, das vermutlich aus dem Osten kam, von den Millionen von Birken, die dort *blühen* mußten, einen Glanz ausströmend, der die Welt zu überfluten schien.

Man sei immer bereichert, aber auch deprimiert aus diesen engen, mit Möbeln, Büchern und Plastiksäcken vollgestopften Behausungen zurückgekehrt. Und man habe feststellen können, daß man in dieser fremden, nach altem Mobiliar riechenden Schwere heimisch geworden sei, sich wohl gefühlt habe. Man habe verstanden, daß die zu große materielle Leichtigkeit, die sowjetische Bekannte auf ihren ersten Reisen in den Westen angetroffen hätten, auf sie wie ein Schock gewirkt habe; daß sie, die sich zu Hause mit einem Alltag abkämpfen müßten, Angst vor der Unsicherheit der westlichen Konkurrenzgesellschaft gezeigt, auch wenn sie die geistigen Werte des Westens mehr verehrt hätten, als wir verwöhnten Westbewohner dies täten.

In einer solchen Moskauer Küche habe ihnen ein sowjetischer Wissenschaftler einmal gesagt, daß es vielleicht das einzige Verdienst der Perestroika sei, falls sie dauere, zur Abschaffung der Lüge und zur Wiederherstellung der politischen Moral beigetragen zu haben. Wie viele Wissenschaftler im Land, habe er nicht an den Erfolg der Reform geglaubt, weil er das System für nicht reformierbar und das Risiko für die Machthaber als zu groß eingeschätzt habe. Ein Reformer, der sich im Westen auskenne, habe befürchtet, daß die Perestroika zu spät gekommen sei, um die jüngeren Leute, die er als eine *verlorene Generation* bezeichnet habe, noch retten zu können. Die Jungen seien an nichts mehr interessiert, nicht einmal mehr an westlicher Rockmusik. Der Generationenkonflikt der Nachkriegszeit stünde diesem Land noch bevor.

Ich hatte mich mittlerweile auf eine Bank gesetzt, ausgerichtet zum Jura hin, strich mit dem Blick an seiner Krete entlang, von West nach Ost, erfreute mich wiederum an der Duftigkeit dieses Berges und was davor lag, der Häuser und Bäume von Amrain; dachte daran, daß mir Baur gesagt hatte, Amrain habe gelegentlich, jeweils wenn er Brot geholt habe in Lindas Bäckerei, diese turnersche Duftigkeit an sich gehabt, wobei die Bäume dann kopfgestanden seien, sozusagen. Und auf diesem Gang sei er auch immer an der Schmiede vorbeigekommen, deren Besitzer eine Zeitlang ebenfalls Oberturner gewesen und im Alter mit dem Velo unter die Lokalbahn geraten sei. Auch dieser Oberturner und Schmied müßte nun also hier liegen, auf dem Friedhof zu Amrain, der jenem von Spoon River gleichen mußte, denn auch hier redeten die Toten aus ihren Gräbern heraus, zumindest wenn Vertraute davorstanden. Hier müßte es auch die Überreste seines ehemaligen Chefs geben, des Gründers der Metallwarenfabrik. Und da waren, wie gesagt, seine Tanten, Cousinen, Schulkameraden und Lindas Mutter, die einen Grabstein gehabt habe mit einem Engel darauf.

Ich schaute lange nach der Stelle am Jurasüdhang, welche Kaspar Baur an den Berg der Seligpreisungen gemahnt hatte, auf dem Foto, diesem Amrainer Foto mit dem Teich, der jeweils bei Schneeschmelze und großen Regenfällen habe entstehen können. Wobei dieses Foto ungefähr fünfhundert Meter südlich, südöstlich des Friedhofs aufgenommen worden sein mußte, so daß die Kirche mit abgebildet war, die Kirche, die sich übrigens im Teich gespiegelt habe. Und das ist eines seiner liebsten Fotos gewesen, dieses Amrainer Bild mit der Kirche und dem Teich und dem Jurasüdhang und all den Häusern, mit der Straße, die ins Nachbardorf führt und das Gespiegelte trennte vom Ungespiegelten.

Erst langsam anerkenne das sowjetische Regime offen die Widersprüche seiner eigenen Gesellschaft. Weit weg vom kommunistischen Ideal, an das ohnehin niemand mehr glaube, gebe es im Namen der Glasnost langsam den Blick frei auf eine sowjetische Realität, die uns bisher nur vom Hörensagen bekannt gewesen, weil sie von der Propaganda stets übertüncht worden sei. Die Unterentwicklung in der sowjetischen Provinz sei auf Reisen festzustellen, die trostlosen Lebensumstände in den neuen Vorstadtsiedlungen seien beim Vorbeifahren zu erahnen gewesen. Der Versorgungsstand sei jedem Ausländer, der nicht nur im Devisenladen einkaufe, sondern seinen Fuß auch in eines der *Produkti* oder *Gestronom* setze, wohlbekannt.

Über Prostitution, Homosexualität, Aids gebe es jetzt nicht nur Artikel in den Zeitungen, sondern auch Dokumentarfilme.

Die sowjetische Gesellschaft habe ihre eigene Unterwelt und ihre eigene Dekadenz. Sie habe ihre Armen, Arbeitslosen und Verstoßenen, um die sich niemand kümmere. Man gebe das jetzt williger zu.

Man werde, aus Moskau kommend, in den Medien des Westens oft mit einer Sowjetunion konfrontiert, die man so nicht erlebt habe. Sowjetisches Reden von und über Reformen werde schon für die Reformtat selbst gehalten.

Die Kirchenuhr schlug drei. Ich hatte den Eindruck, daß der Höhepunkt der Leichtigkeit, welche in diesem Martinisömmerchentag steckte, überschritten sei. Die Intensität der Farbtöne, insbesondere jener am Jurasüdhang, schien abzuklingen. Und die Birken mußten jetzt, hüben und drüben, sich auf die Nacht vorbereiten, indem sie das Licht in ihren Kronen gleichsam zurückstuften, um nicht die Nacht zu irritieren damit, eine Nacht, die vermutlich unter Sternenglanz stattfinden sollte, wobei dann auch der Große Bär vorhanden sein müßte, der sich über den Jura zu legen hätte, wie damals, als Baur und ich an der Nordseite seines Hauses gestanden hatten, Caspar David Friedrichs Bild *Zwei Männer in Betrachtung des Mondes* nachstellend, während die Mondsichel nach und nach sich in den *Güggel* senkte, hinter dem schwarzen Filigran der Holunderkrone.

Es war also ein Tag, an dem man die Birken hätte zählen mögen, im Land herum und darüber hinaus, bis nach Rußland, dem Stammland der Birke, wobei die Birke zu den ältesten Bäumen zählen soll, zusammen mit der Pappel und der Erle. Und im Paradies hätten eben, nach der Bibel, auch Bäume gestanden, lustig anzusehen; und darunter sei auch der Baum des Lebens gewesen, der Erkenntnis, von dessen Früchten zu essen, die Schlange der Eva geboten habe, auf daß sie werde wie Gott. Und auch heute hätten wir immer wieder Lust darauf, zu sein wie Gott.

Ich flanierte auf dem Friedhof herum, blieb da und dort vor einem Stein oder Kreuz stehen, las den Namen und sagte mir, daß Kaspar Baur den Toten oder die Tote gekannt haben mußte, daß er mit ihnen sogar in die Schule gegangen sei, wenn das Geburtsjahr mit dem seinen übereinstimmte. Und ich stellte mir vor, daß an Sommerabenden über diesem Friedhof sich die Schwalben tummeln müßten, wie sie es zu tun pflegen, weltweit, über den Friedhöfen, wobei sie häufig aufzuschreien belieben, neckisch gleichsam, so daß es sich vermutlich um ein Fangspiel handelt, ein Fangspiel der Schwalben über den Friedhöfen sommers und abends, bei gutem Wetter.

Ich hörte das Klavierspiel des Bäckers, das an Sonntagmorgen im Frühjahr aus offenen Fenstern über der Backstube hinausgeströmt sei, in und über viele Häuser von Amrain, wobei ein paar Eingeborene aufgehorcht und gewußt hätten, daß es nun Frühling sei, und daß die Märzenglöckchen bald zu blühen begännen, gefolgt von den Waldanemonen, die in den Buchenwäldern weiße Lachen zu bilden beliebten.

Die geistige Qual, sich etwas anderes als das bestehende System vorzustellen, muteten sich nur wenige Sowjetbürger zu. Siebzig Jahre nach der Oktoberrevolution herrschte Resignation vor oder die bare Genügsamkeit eines duldsamen Volkes.

Ich dachte an die Amrainer Karnevalstage, die Kaspar, Katharina und ich miteinander verbracht hatten, nachdem ich kurz zuvor *Krieg und Frieden* gelesen hatte, und erinnerte mich an das Gemisch, welches aus Tolstois Roman, dem Gerede Baurs, dem Kindermaskenzug und dem Schnarren der Rätschen entstanden war.

Mir kam auch in den Sinn, daß der Pfarrer am Karnevalssonntag über die Schöpfungsgeschichte gepredigt hatte, worin der Satz vorkommt: »Da ward aus Abend und Morgen der andere Tag.«

Was in den vergangenen dreieinhalb Jahren seit Gorbatschows Wahl zum Generalsekretär in den sowjetischen Zeitungen geschrieben worden sei, komme denn auch einer Bankrotterklärung des sowjetischen Systems gleich. Sich immer vorsichtig auf Lenin berufend, auf Fundamente eines humanen oder gar humanistischen Sozialismus, die in der Sowjetunion nie bestanden hätten, entdecke man unter Gorbatschow Binsenwahrheiten der modernen Industrie- und Informationsgesellschaft. Der Bauer solle wieder Herr seiner Scholle sein. Fabriken sollten gewinnbringend arbeiten.

In die Ulme flog eine Krähe, würgte ihr Gekrächze heraus, und zwar Richtung Lindas Bäckerei, wo frühjahrs Lindas Vater, der Bäcker, bei offenen Fenstern *Frühlings Erwachen* interpretierte, das hinausströmte, über Amrain hin, worauf dann wirklich die Märzenglöckchen aus dem Boden geschossen seien, zumeist an der Südseite der Liegenschaften.

Ich entschloß mich, diesen Flecken Erde zu verlassen, und zwar nicht ohne zuvor noch einen Blick auf die

Plastik zu werfen, die das Grab der Einsamen – oder wie man es auch immer benenne – schmückt, wobei die zwei hölzernen Teile dieser Grabplastik, von beachtlichen Ausmaßen übrigens, von der großen, dreihundertjährigen Eiche aus dem Walenboden stamme, nach Baur, auf die jener ehemalige Dirigent der Amrainer Blechmusik ein Lied geschrieben habe, für Bläser natürlich. Und dieses Lied auf die Eiche habe vermutlich seine Uraufführung im roten Hotel erlebt, denn das rote Hotel sei ja das Stammlokal, quasi die Heimstätte der Blechmusikanten von Amrain gewesen, über Jahrzehnte hin. Und dieses Lied auf die Eiche sei dann anläßlich eines Kirchensonntages in der Kirche gespielt worden, damals als jener freisinnige Großrat über die Umwelt geredet habe, im Zusammenhang mit der »Bewahrung der Schöpfung«. Ich erinnerte mich, daß man, nach Baur, bei diesem Lied, das aus den Blechinstrumenten herausgequollen sei, in die Kirche, und zwar machtvoll, berauschend, wobei die Intensität auch geschwankt habe, vor allem die Lautstärke, daß man bei diesem Lied die Frühlinge, den Winterwind gespürt habe. Auch die Blütenstaubwolken, die im Mai jeweils über den Längwald zu ziehen geruht hätten, auch diese schwefelgelben Wolken habe man vor Augen bekommen, während das Lied von der Eiche aus dem Walenboden, das Lied von der dreihundertjährigen Eiche, das Lied vom ältesten Baum der Amrainer Gemarkung aus den Blechkelchen herausgequollen sei, um die Kirche beinahe erzittern zu lassen, zumindest deren Fensterscheiben. Und so habe dann diese Eiche, die dreihundertjährige Eiche aus dem Walenboden, noch einmal Auferstehung gefeiert, habe sich noch einmal dem Wind hingegeben, dem Frühlingswind, dem Sommerwind, habe sich dem Herbst überlassen, dem Winter, um dann, nachdem die Blechkelche versiegt gewesen seien, wieder ins Vergessen zurückzusinken, wobei dieses Vergessen gelegentlich doch durchbrochen werde, indem ein *Eingeborener* im Anblick dieser zwei Plastikteile aus Eichenholz eben an die alte, an das stolzeste Baumgeschöpf der Amrainer Wälder, an die dreihundertjährige Eiche vom Walenboden zurückdenke. Neben den zwei Eichenholzteilen standen da noch zwei spärlich behauene Steine aus Granit, also nicht aus warmem Jurastein, aus welchem Kaspars Grabstein gefertigt war, ohne freilich einen Engel als Relief aufzuweisen, denn einzig sein Name stand darauf, und zu seinen Füßen befand sich eben das riesige Bukett aus Winterastern, porzellanfarbenen, von den Rändern her rosa angehaucht, was diesem Arrangement eine jugendstilhafte Zerbrechlichkeit gab, samt dem Stein eben, dem Kalkstein, aus dem Material des Berges, den Kaspar gemocht hatte, und dem er auch im Ausland immer wieder zu begegnen glaubte, wo immer sich auch ähnliche Konturen abgezeichnet hätten. Bei Hannover zum Beispiel soll ihm mehr als einmal passiert sein, daß er in der Ebene drin, mit den riesigen Wolkengebilden darüber, sogar Überlandleitungen als Konturen des Juras empfunden, indes er einige Mühe aufzuwenden gehabt habe, sich dieser Illusion zu entledigen. So muß dieser Berg, der sich vom süddeutschen Raum bis tief nach Frankreich erstreckt und, glaube ich, bis zu sieben Ketten aufzuweisen hat, im Leben des Kaspar Baur einen beachtlichen Platz eingenommen haben, was auch daher rühren konnte, daß er als Knabe doch häufig auf diesen Berg gestiegen sei, auch winters, wenn drunten, in der Ebene Nebel gelegen habe, während er von den Jurahöhen aus das Nebelmeer habe überblicken können, mit den Alpen dahinter, dem riesigen Band von Hochalpen, das sich von Osten bis tief nach Westen zu erstrecken beliebt habe. Und wenn an einem Samstagabend Schäfchenwolken über dem Landstrich gehangen hätten, hoch oben am Himmel, und dann die Kirchenglocken erschollen seien, sei daraus ein Bild geworden, ein Klangbild gleichsam.

Noch einmal einen Blick in die Ulme werfend, dann einen letzten auf den Kalkstein mit dem Namen KASPAR BAUR darauf, verabschiedete ich mich von diesem Flecken Erde, der angereichert war mit den Gebeinen ehemaliger Amrainer, mit Gebeinen von Leuten, die Amrain gewissermaßen bestellt hatten, als Wagner, Schmied, Viehhändler, Schlosser, Bauer und Grubenbesitzer, Sägereibesitzer und Jäger, Störenmetzger und Kleinbauer, Drogist, Sargschreiner, Kistenmacher, Gast- und Landwirt, als Korber, Ziegenbauer, Baumwärter und Imker in einem, der dreizehnte als Knecht, der vierzehnte als Sekundarlehrer und Spitalverwalter, der fünfzehnte als Notar und Gemeindeschreiber, der sechzehnte als Eisenwerkarbeiter und Kleinbauer, der siebzehnte als Schuhmacher und Oberturner, der achtzehnte als Bäcker und Kolonialwarenhändler, ein weiterer als Konsumverwalter, der andere als Primarlehrer, Dirigent des gemischten Chors und Zivilstandsbeamter, der einundzwanzigste als Gemeindepräsident und Kavalleriemajor, indes natürlich auch Landstreicher, Kinder, viele Mütter, Mädchen und Weißnäherinnen hier zu ruhen geruhten, nebst den Eingeäscherten.

Noch immer herrschte ein Licht, das einen animierte, die Birken zählen zu gehen, hier herum und darüber hinaus, bis weit nach Rußland hinein. Und ich entsann mich, wie Kaspar Baur sich zeit seines Lebens nach diesem seinen *Heimwehland* gesehnt, dieses aber nie betreten hatte, denn für ihn sei es zugleich auch das Land der Gegängelten gewesen, wobei ihn die Gängelung zeit seines Lebens angewidert habe, soweit sie überhaupt stattfinden könne, denn es gebe gar nicht so viele Gängelbänder, und wenn es sie geben sollte, wären zuwenig Gängelbänderhalter vorhanden, also Wesen, welche die zu gängelnden Leute an Gängelbänder zu kriegen vermöchten. Er hatte gefunden, daß unser Jahrhundert das Jahrhundert der Gegängelten sei, ein katastrophales Jahrhundert. Er habe einmal eine Karte gesehen, eine Weltkarte, worauf die Regionen, in denen die Religions- und Meinungsfreiheit unterdrückt würden, rot angemalt gewesen seien. Und da müsse er sagen, hat Kaspar Baur damals gesagt, seien die weiß gebliebenen Gebiete klein gewesen gegenüber den roten Regionen. Und das sei sein Kummer gewesen. Verstört habe ihn eigentlich aber noch mehr, daß die *Intellektuellen*, im Abendland zumindest, dieser Gängelung zugestimmt, ja, daß sie diese gefördert hätten; daß also Leute, die sich Intellektuelle gescholten, diesen Wahnsinn unterstützt hätten, wobei doch ein durchschnittlicher Mensch ohne weiteres wisse, daß Gängelung etwas Widerliches sei, die Gängelung der Leute. So habe er, Baur, sich oftmals ereifert, was ihn jeweils etwas beschämt habe. Besonders geschmerzt habe ihn, daß gerade das riesige, im Grunde genommen sein Heimwehland dieser Gängelung als eine der ersten Regionen verfallen sei, von wo aus sie sich dann ausgebreitet habe, sozusagen um die Erde herum, um diesen winzigen Teil der Schöpfung.

Ich verließ also den Friedhof zu Amrain, den ich eine Zeitlang als jenen von Spoon River empfunden, weil Kaspar Baur zu mir aus dem Grab heraus geredet hatte. Sein Gerede schien aber eigentlich aus dem riesigen Blumenstrauß zu dringen, aus den Winterastern, den porzellanfarbenen, von den Rändern her rosa angehaucht, die zu Füßen seines Grabmals standen, vom Ostwind bewegt. Und ich dachte an die Winterasternsträuße, die Kaspar Baurs Schwestern an jenem Novembertag, als die Kirschbäume Fakeln simulierten, dahergetragen hatten, als sie auf Visite kamen zu Kaspar und Katharina Baur, wo sie dann in der Stube oben von ihrem Gang über einen Friedhof in Zürich erzählt hatten, vom Besuch des Friedhofs zu Werdenberg und jenes von Amrain, wo sie zu ihren Angehörigen gepilgert seien. Dabei seien ihm, Kaspar Baur, die Julia, die Gisela, die Johanna gewissermaßen als Todesgöttinnen erschienen, für Augenblicke zumindest. Und zu ihnen allen hätten sich dann noch die toten Familienglieder gesellt, zum Beispiel der

Schwager Ferdinand, der jeweils gesagt habe, er lasse keinen seiner Kirschbäume mehr so hoch werden. Er säge jeden oben ab. Er wolle keine hohen Kirschbäume mehr. Bei jener Zusammenkunft sei auch Mutters Grabstein besprochen worden, der aus Granit bestanden und ein wenig von Flechten und Moosen überwachsen worden sei, was die Gisela veranlaßt habe, Kaspar zu bitten, diesen Stein doch einmal zu waschen, denn es mache sich nicht gut, einen Grabstein von Flechten und Moosen bewachsen zu lassen. Worauf Kaspar geantwortet habe, er möge eigentlich Grabsteine mit Flechten darauf.

Ich schaute beim Verlassen des Friedhofareals auf die Kirche, deren Turm und sagte mir, daß von der Glockenstube aus jeweils bei Beerdigungen die Glokken über Amrain, über den Landstrich schlechthin zu klingen geruhten, bei allen, die hier in Amrain zur Erde gebracht werden, so daß diese Glocken, die man zum Teil sehen konnte, auch Kaspar Baurs Mutter geläutet haben mußten, seinem Vater, seiner Schwester Julia, der Schwägerin Lina, auch der Frau, der ersten Frau des Benno, die an einem Gehirntumor gestorben sei, wobei man eine Zeitlang ihren zweiten Mann verdächtigt habe, er hätte sie auf den Kopf geschlagen, so daß sie eigentlich an diesem Schlag zu Grunde gegangen sei. Dieser Mann, Baurs Cousin übrigens, sei später in elektrischen Drähten des Eisenwerks verbrannt, wobei drei, vier seiner Brüder ebenfalls bei Unfällen umgekommen seien. Der eine sei auf dem Fahrrad bergab auf eine Telegrafenstange geprallt. Der andere habe sich beim Schlachten eines

Rindes tödlich verletzt. Der dritte sei in den Dorfbach gefahren, wo er mit dem Gesicht in eine Wasserlache zu liegen gekommen und ertrunken sei.

Als ich am Pfarrhaus vorüberschritt, erinnerte ich mich, daß ich damals, zusammen mit Katharina und Kaspar, vor diesem Pfarrhaus zu Amrain an *Maler Nolten*, an Mörikes *Maler Nolten* gedacht und mir vorgenommen hatte, diesen *Maler Nolten* doch endlich einmal zu lesen.

Über diese Gassen und Straßen, über diese Dächer mußte nun also die Klaviermusik des Bäckers hingeklungen haben. Aber auch die Blechmusikanten mußten bei festlichen Anlässen, manchmal auch zusammen mit Musikanten befreundeter Korps, bei Fahnenweihen und so weiter, Klangfolgen oder ganze Klangbilder über diese Dächer geblasen haben, über dieses Pflaster. Und ich dachte an die Volkslieder, die, nach Baur, aus der Festhütte, der rot-weiß gestreiften, herausgeklungen hätten, über die große Matte des Eierhändlers hin. Von all diesen Klängen mußte Amrain aufgeladen, angereichert sein, abgesehen von den Amselliedern, die dazuzurechnen wären. Aber auch das Pferdegewieher, das Hundegebell, das Geschnatter der Gänse, das Krähen der Hähne und das Schreien sterbender Schweine müßte akustische Rückstände hinterlassen haben im Putz, in den Poren der Dachziegel, im Holz der Türen und Gartenzäune. Während natürlich auch Düfte sich festgesetzt haben müßten in diesem Amrain, Rosen- und Fliederduft zum Beispiel, ganz zu schweigen vom Duft des Holunders, zur Blütezeit versteht sich, vom Duft der Glyzinie und dem dezenten der Apfelblüte. Kolonnen von Autos rennen heute dagegen an, eben gegen diese Duft-, diese Klangkulisse des alten Amrains.

Und ich bekam das Defilee der Amrainer Selbstmörder vor Augen, das Kaspar Baur gelegentlich abgenommen habe, oben bei der Brauerei, unter den Kastanien, von wo aus er das Anrücken dieser Parade gut habe überblicken können, weil doch die Straße zum Unterdorf hin abfalle, wobei dieses Defilee der Selbstmörder in letzter Zeit angeführt worden sei vom jüngsten, blühendsten, gescheitesten aller Amrainer Selbstmörder, vom Schmetterlingsforscher eben, der aber Maschinenzeichner geworden sei und dann sogar noch habe Maschinenschlosser werden wollen. Wie der Dirigent der Blechmusik sei er jeweils dahergekommen, umwölkt freilich von Kohlweißlingen, Pfauenaugen, Zitronenfaltern. Und einige hätten Stricke mitgetragen, andere Revolver, wieder andere das Armeegewehr. Gelegentlich hätten sie, wie auf Kommando, die Stricke, die übrigens am stärksten vertreten gewesen seien, die Revolver, die Armeegewehre geschwungen, wie Demonstranten, die gegen einen König rebellieren, gegen einen Diktator, oder die einen solchen haben wollten.

Ich erinnerte mich an Napoleons Überführung in den Invalidendom, wo der Sarg Napoleons auf einer Lafette gelegen hatte, die gezogen wurde von sechzehn Schimmeln, im Schneegestöber. Diesem Umzug folgte die Amrainer Blechmusik, gefolgt vom Güllezug des Isidor Schwarz, dem sich der Umzug vom Amrainer Spitalbasar anschloß, mit der Johanna als

Helvetia, weiß angezogen, in einem Meer von blauen Blumen. Der Amrainer Kindermaskenzug bildete den Schluß jener Parade, die mir im Traum erschienen war, am Krankenbett Baurs, in seiner letzten Nacht. Dieser Parade nun hängte ich den Umzug der Amrainer Selbstmörder an, mit dem Schmetterlingsmann an der Spitze, umschwärmt von Totenköpfen auch, Monarchen und Bläulingen.

Kaspar Baur hatte mir jeweils auf Nachtmärschen im Aktivdienst viel über Amrain erzählt, über seine Viehhändler, Schmiede, Bäcker und Schuhmacher. Und Jahrzehnte später berichtete er mir von einer Beerdigung, zu welcher der Sohn des ehemaligen Schuhmachers und Oberturners angereist gekommen sei, als achtzigjähriger Mann, früher übrigens selbst ein ausgezeichneter Kunstturner, wie ihn Amrain nach ihm nie mehr erlebt habe. Dieser Sohn des Oberturners sei ein paar Bänke vor ihm gesessen, die Haare gescheitelt, pomadisiert und braun wie damals. Auch die Zuckungen des Kopfes hätten sich vollzogen wie früher, wenn er unter dem Reck gestanden sei, bereit zum Sprung an die Stange. Und er, Baur, habe dann den Schulhausplatz vor Augen bekommen und die vier Recke, aneinandergereiht. An einem dieser Recke habe der Sohn des Schuhmachers und langjährigen Oberturners eine seiner grandiosen Recküburgen absolviert, wie er es vor ungefähr sechzig Jahren getan habe, an Sonntagmorgen im Frühling, Sommer, Herbst, bei guter Witterung zumindest. Und wenn man westlich dieser Recke gestanden sei, habe man gleich, zusammen mit der Reckübung des

Schuhmachersohns, die Bechburg am Jurasüdhang im Blickfeld gehabt, welche über das Mittelland hinausschaue, von Scharmützeln träumend, Jagden, Liebschaften, Konzerten, übrigens von Johannes Brahms veranstaltet, der dort gelegentlich zu Besuch geweilt habe.

An Abdankungsfeiern in der Kirche zu Amrain sei er immer möglichst hinten gesessen, so daß er einen Großteil der Eingeborenen von der Rückseite vor sich gehabt habe, während die Männer im Chor einem ihre Gesichter voll zugekehrt hätten. Und so habe er über die Jahrzehnte hin die Verkrümmungen der Rücken der Eingeborenen von Amrain mitbekommen können, die Beschriftung ihrer Gesichter: eingetragene Sommer, Siege und Niederlagen. Wobei sich über diese Eintragungen Müdigkeit breitzumachen beliebt habe, zunehmend. Und er habe sich dabei etwa gesagt: »Mit diesen Leuten hast du Karneval gefeiert, Turnfeste erlebt, den Aktivdienst durchgestanden, die Schulbank gedrückt.« Und einige unter ihnen seien eben Kunstturner gewesen oder Nationalturner oder Leichtathleten oder Schützen oder Radfahrer. Und es habe in Amrain auch einen Radfahrerclub gegeben, dem Radfahrerbund angeschlossen. Und der sei im Sommer, sonntags, auch im Frühling und Herbst, ausgefahren, eine Standarte mitführend und ein Horn, ein Signalhorn. Und stolz seien sie, die Clubmitglieder, in Einerkolonne dahergefahren, während der Blechbläser gelegentlich Signale von sich gegeben und die Standarte im Wind geflattert habe, denn auch damals sei schon Ostwind gegangen, West-, Süd- und

Nordwind. Und einige der Bäume, die heute noch Äpfel trügen, hätten damals schon Äpfel getragen; wie auch Ferdinands Kirschbaum schon dagewesen sei, als Kaiser Napoleon die Schlacht bei Borodino geschlagen habe, das heiße, seine Soldaten hätten sie ja geschlagen, die Schlacht gegen die Soldaten des Kutusow, dieses herrlichen Feldherrn, der zwischendurch französische Romane gelesen, seine Landwehrmänner gemocht, mit ihnen zusammen gesungen und zu guter Letzt den Napoleon vertrieben habe, über die Beresina hin, wo viele Schweizer Söldner umgekommen seien, denn sie hätten den Übergang zu dekken gehabt.

Als ich am Weberhaus vorüberschritt, dachte ich an die Liegenschaft des Kavalleriemajors, der sich umgebracht hatte, mit der Armeepistole, ungefähr mit sechzig. Auch sein Vater hatte sich schon umgebracht, als Gemeindepräsident, im Genfersee. Ich rekonstruierte die Westfassade, die in ihrem unteren Teil einem Tàpies-Bild geglichen hatte, vor dem über Jahrzehnte hin, jeweils im Herbst, gelbe Margeriten blühten auf hundertfünfzig Zentimeter hohen Stengeln. Und ich glaube, einige dieser Margeriten haben noch geblüht, als der Dorfbach schon zugedeckt war, auf einem schmalen Streifen zwischen Trottoir und Hauswand. Obwohl sie in den meisten Fällen arg ausgehungert gewesen sein mußten, hätten also jeweils ein paar Stengel überlebt, so daß drei, vier gelbe Margeriten vor diesem Tàpies-Bild ihre Bewegungen vollführt hätten, ausgelöst vom Wind.

Ich kam auch an der Stelle vorbei, wo sich Hunderte von Konfettis wie auf Befehl aufgerichtet und davongemacht hätten, um sich kurz danach ebenso einhellig wieder hinzulegen, alle auf die gleiche Seite.

Bei der Bank kam mir in den Sinn, daß hier, nach Baur, ein wunderschönes altes Haus gestanden habe, mit tief hinuntergezogenem Dach. Eine Zeitlang habe einer seiner Verwandten darin gelebt. Und dort sei dieser auch aufgebahrt gewesen. Katharina und er hätten diesem Verwandten einen Abschiedsbesuch gemacht, wobei er am offenen Sarg gedacht habe: »Nun hast du's geschafft!« Dann habe er auf dessen Gesicht die vielen Sommer gezählt, nach den Nächten geforscht, den Anemonen, die er gesehen haben müsse in den Wäldern von Amrain, vor allem im Bergwald, im lichten Buchenwald.

Beim oberen Schulhaus habe ich an Kaspar Baurs Schulzeit denken müssen, an das Schulzimmer mit den Vögeln an den Wänden, Vögel auf Bildern, die all diese Sommer und Winter hindurch an den Wänden gehangen hätten, manchmal ein Konzert veranstaltend, das natürlich nur wenige gehört hätten, wobei damals die Linda noch nicht mit ihm ins gleiche Schulhaus gegangen sei. Aber jener Peter sei damals schon mit ihm zusammen gewesen, der im Alter dann einen Gehirntumor bekommen habe. Nach dessen Operation habe sein Mund schräg im Gesicht gehangen, ein Auge sei kaputt gewesen und gehört habe er auch nicht mehr viel. Dieser Peter habe ihn gut gemocht. Und er, Baur, habe den Peter gut gemocht. Peter sei ein armer Kerl gewesen, der sich aber später zu einem Bauern hochgerappelt habe, zu einem

Mann mit eigenen Kühen, Pferden, Schweinen, Schafen, Hühnern, eigenem Boden, nebst Pachtland natürlich. Sogar den Zuchtstier ihrer Region habe er über Jahre im Stall gehabt. Nach der Operation habe er den Peter im Spital aufgesucht und sei einem schweren Mann begegnet, quasi einäugig und taub.

»Früher habe ich kein Geld gehabt. Und jetzt, wo ich Geld habe, höre und sehe ich schlecht«, habe Peter nach einer Weile gesagt. Und er, Baur, habe dann das Schulzimmer vor Augen bekommen, wo die Vögel an den Wänden gezwitschert hätten, was aber nur von ihnen beiden wahrgenommen worden sei. Und davor habe sich nun das riesige Gesicht mit dem schrägen Maul und dem großen Auge geschoben, wobei das Gesicht durchsichtig gewesen sei, so daß man die Vögel an den Wänden dahinter gesehen habe, ohne sie freilich zu hören.

Im Westen begann sich der Himmel rosa einzufärben, mit dem gleichen Rosa, das die porzellanfarbenen Winterastern auf dem Grabe Kaspar Baurs zu tönen geruhte, von den Rändern her. Mir kam noch einmal der Sohn des Schuhmachers und langjährigen Oberturners in den Sinn, der selbst Oberturner geworden und ein glänzender Kunstturner gewesen war. Denn ich befand mich gerade bei dem Sechsfamilienhaus, das an Stelle der Liegenschaft steht, in welcher der Schuhmacher und langjährige Oberturner des Turnvereins von Amrain mit seiner Familie gewohnt hatte. Und ich erinnerte mich daran, wie mir Baur vom

Brand dieser Liegenschaft erzählt hatte. Wie er aufgeweckt worden sei von einem Knallen. Und wie er dann am Fenster gestanden sei, zusammen mit Katharina, und nach Amrain geschaut und vermutet habe, das Haus des Schlossers brenne, um dann auf die Brauerei zu tippen; wonach sie, Katharina und er, aufgebrochen seien, nach Amrain hin, um dann an Ort und Stelle feststellen zu müssen, daß die Liegenschaft des Schuhmachers und ehemaligen Oberturners brenne, wobei aus dem Estrich heraus, als Flugasche, die noch übriggebliebenen Turnerdiplome abgehoben haben müßten, um irgendwo auf jenen Matten zu landen, wo winters jeweils Eis gelegen habe, unter welchem Maßliebchen geblüht hätten. Und ich bekam auch wieder den Sohn des Schuhmachers vor Augen, wie er in der Kirche gesessen haben soll, aufmerksam, fast identisch mit dem ehemaligen Kunstturner, nur daß er jetzt etwas schwerer und sechzig Jahre älter gewesen sei. Aber er habe den Kopf genau so schräg nach links gehalten, sei sehr angespannt dagesessen, bei der Trauerfeier seines ehemaligen Nachbarn eben, und es habe geschienen, er könnte jederzeit aufstehen, um sich, weißgewandet, an die Reckstange zu schwingen, eine grandiose Übung zu vollführen, mit einem Fleurie-Abgang, indem er sich aus der Riesenfelge heraus fliegen ließe, einen Salto rückwärts vollführend, worauf er auf die Füße zu stehen käme, reglos und angespannt wie zuvor. Und auch sein Haar sei noch voll dagewesen und mit Pomade durchtränkt, gescheitelt und nach hinten gekämmt, genau wie damals, vor sechzig Jahren, als er unter dem Reck gestanden habe, angespannt, um dann in einem Sprung die Stange zu ergreifen und sich in der Luft herumzuschwingen, rückwärts und vorwärts, meistens unter einem Sonntagmorgenhimmel im Sommer, während im Klassenzimmer Kaspar Baurs die Vögel an den Wänden gehangen hätten, als Bilder, die gelegentlich, vor allem wenn große Flocken vor den Fenstern heruntergebaumelt seien, gezwitschert, was eigentlich nur er, Baur, und eben jener Peter zu hören vermocht hätten, vielleicht auch noch die Lehrerin, welche zumeist wunderschöne braune Halbschuhe getragen habe, von indianischem Zuschnitt sozusagen, mit gefransten Laschen und Schnürsenkeln mit Lederzotteln an den Enden. Dieser Lehrerin habe er auch einen Märzenglöckchenstrauß gebracht, der rechts auf ihr Pult zu stehen gekommen sei, so daß er, Baur, sich in diese Märzenglöckchen habe verlieren können, besonders dann, wenn die Vögel gezwitschert hätten, aus ihren Bildern heraus, die Schwalben, Rotbrüstchen, Blaumeisen, aber auch die Lerchen, die nun bald wieder, nachdem die Märzenglöckchen dagewesen seien, zu steigen beliebt hätten, in die Lüfte natürlich und spiralförmig.

Ich schritt auf die Brauerei zu, welche, nach Baurs Rede aus dem Grab, eigentlich das Zentrum der Welt sein sollte. Die zwei Bäume an der Westseite waren wirklich fort, jene Kastanienbäume, unter welchen in den frühen zwanziger Jahren das Turnerfoto gemacht worden sei, wo der Konsumverwalter in Zivil, einzig das Turnerband um, in der hintersten Reihe auf einem Stuhl gestanden habe, mit drei anderen zusammen, und wo der Fähnrich der Bruder jenes Cousins gewesen sei, welcher dem Benno die Frau abgejagt habe, jene Frau, die später einem Hirntumor erlegen sei, und deren Grab schon damals, als Katharina, Kaspar und ich über den Friedhof gegangen waren, am Karnevalssonntag, nicht mehr vorhanden gewesen war, indes auch in diesem Fall deren Knochen noch vorhanden sein mußten, weil ja, wie gesagt, die Gebeine jeweils vom Totengräber wieder in die Grube zurückgeworfen werden, wenn sie zum Vorschein kommen beim Ausheben eines neuen Grabes. Und dieses Turnerfoto hänge jetzt hinter den sieben Bergen, und zwar nicht mehr neben einer Badezimmertür, sondern an der Ostwand eines Schlafzimmers, und sein Perlmutterglanz sei eher noch intensiver geworden in den vergangenen Jahren, so daß man das Bild aus einem bestimmten Blickwinkel heraus zu betrachten gehabt habe, wenn man die Turner habe abbekommen wollen, den Benno eben, seinen Cousin, den Konsumverwalter Osterwalder, Lindas Vater und den Schuhmacher und Oberturner und die vielen anderen.

Da hatte nun also Baur, Kaspar Baur, damals die Blätter fallen gesehen, an jenem Novembermorgen und sonntags, und habe gesehen, wie der Doktor Ramser diesen Blättern zugeschaut habe, der tote Doktor Ramser, und habe mitbekommen, wie der vor Jahren verstorbene Schmied, Fabrikschmied, und auch der massige Wirt der Brauerei diesem Blättertreiben beigewohnt hätten.

Und ennet der Hauptstraße, in der Stube über dem

Stoffladen habe er, Kaspar Baur, zum ersten Mal Mazurken von Chopin gehört, Polonaisen, Nocturnes. Und von dort aus habe er sommers zugeschaut, wie die Erntewagen im Trab eingefahren worden seien, in die Scheune der Brauerei, während der massige Wirt, der jeweils ein großes Gelächter inszeniert habe in der leeren Gaststube und bei offenen Fenstern, dabeigestanden habe, die Hände in die Seiten gestützt. Und nun war mir, als hörte auch ich Chopinsche Mazurken dort über dem Stoffladen, zur Erntezeit, wo die Kastanienbäume einem dunkleren Grün verfallen. Und diese Mazurken vermischten sich mit dem großen Klang, der, nach Baur, aus dem Sternbild der Jagdhunde stammt.

Ich blieb einen Augenblick stehen, nachdem ich die Straße überquert hatte, an der Biegung des Weges, beschaute mir die Brauerei, das Zentrum der Welt eben, und schwenkte dann, statt Richtung Katharina Baurs Haus, in die entgegengesetzte Richtung ab, um in der Kaffeehalle Drei Linden einen Kaffee zu trinken, mit dem Hintergedanken eigentlich, mich dort so hinzusetzen, daß ich die ehemalige Bäckerei von Baurs Schulfreundin Linda betrachten könnte. Ich kam an der Schmiede vorbei, deren erster Besitzer ebenfalls Kunstturner und eine Zeitlang auch Oberturner zu Amrain gewesen war, und dachte mir, daß Kaspar Baur auf diesem Weg geschritten sein mußte, wenn er Brot holen ging, vormittags, in der Bäckerei, der ehemaligen Bäckerei von Lindas Vater eben, der an Sonntagmorgen im Frühjahr bei offenen Fenstern über der Backstube Klavier zu spielen beliebte, worauf sich die Leute abzufinden versuchten mit dem Gedanken, daß nun mit dem Frühling zu rechnen sei. Anschließend mußte der Bäcker dann in die Turnstunde gegangen sein, denn auch er war Kunstturner gewesen, abgebildet auf dem erwähnten Turnerfoto.

Drei Linden betretend, stellte ich fest, daß hier einem Wiener-Café nachgeeifert worden war. Ich setzte mich so hin, daß ich die ehemalige Liegenschaft des Bäckers, das Haus des Vaters von Linda, Kaspar Baurs Schulfreundin, ins Blickfeld bekam – und hatte dann eine Ruine vor Augen, den Lüften preisgegeben. Die Fenster waren herausgerissen, die Türen. Auch die Pergola fehlte, die Glyzinien-Pergola. Und weggeblasen mußten die Rückstände sein aus den Poren des Putzes und aus jenen des Holzes. Und ich schaute nach den Löchern, aus denen Chopins Polonaisen entwichen sein mußten, um sich im Quartier auszubreiten, den Frühling verkündend, und stellte mir die Pergola vor, handbreit mit Schnee bedeckt. Und das Loch neben der Backstube wäre also früher das Fenster gewesen, das bei Nacht eben rot aufgeleuchtet habe, des roten Vorhanges wegen. Und die Ostfront zeigte noch den Querschnitt des abgerissenen Wohngebäudes einer landwirtschaftlichen Liegenschaft, an deren Stelle sich jetzt dreistöckige Wohnblöcke befanden, quasi Batterien, Menschenbatterien, Batterien, wo man – nach Konrad Lorenz – den *nützlichen* Menschen züchte und halte.

Ich versuchte, mir Linda vorzustellen, als jung eben, als Schulmädchen. Und erinnerte mich, wie

Kaspar Baur erzählt hatte von Klassenzusammenkünften, die sie abgehalten hätten, das eine Mal auch in der Brauerei, im Saal der Brauerei, wo noch der Hans am schwarzen Klavier Chopin gespielt habe, das Weinglas auf dem Klavier abgestellt und im Mund eine Zigarette, wobei ihn Wein und Zigaretten durchsichtiger, immer zerbrechlicher gemacht hätten. Die tanzenden Paare hätten sich im schwarzen Lack des Klaviers gespiegelt und draußen hätten noch die zwei Kastanien gestanden, die im Hochsommer jeweils in ein Oliv zu verfallen beliebt hätten, zur Zeit also, als die Erntewagen im Trab eingefahren worden seien in die Scheune der Brauerei, die sich ennet der Straße befunden habe, wo sie heute noch steht, vorläufig zumindest.

Ich dachte an die Fotografien aus dem Anfang des Jahrhunderts, von denen mir Kaspar Baur erzählt hatte. Auf einer sei auch die Brauerei abgebildet gewesen, mit den zwei feinblättrigen Akazien an der Nordseite. Die Landstraße sei damals natürlich noch nicht asphaltiert gewesen.

Nachdem ich den Kaffee bestellt hatte, überließ ich mich der Losgelöstheit von allen Dingen dieser Erde, sog die Luft ein, unauffällig natürlich, wie's die Hunde tun, wenn es Frühling ist und Abend und die Wildbahn offensteht, und hörte, unbehelligt von anderen Geräuschen, den großen Klang.

Es wurde mir klar, daß auch über Amrain die Brandung der Geschichte gerollt sein mußte, wie über jeden beliebigen Punkt dieser Erde, die Anemonen hervorbringt, Buschwindröschen, Waldanemonen, besonders in lichten Buchenhainen, wie es sie auf der Insel Rügen geben müsse. Ich dachte an Kaspar Baurs Kirschbaum, der sich dem Sommerwind hingegeben habe, am Tage der Schlacht bei Borodino eben, indes vielleicht zu Amrain dasselbe schöne Wetter geherrscht habe wie auf dem Schlachtfeld bei Borodino; und erinnerte mich, wie Kaspar Baur sich geärgert hatte über den russischen Film *Krieg und Frieden*, weil darin ständig die Sonne geschienen habe und die Soldaten unbeschmutzt dahergekommen seien, bis er dann in Tolstois Roman festgestellt habe, daß tatsächlich am Tage der Schlacht bei Borodino herrliches Spätsommerwetter den Landstrich erfüllt habe, daß also sozusagen eine unschmutzige Schlacht über die Felder gegangen sei, wobei natürlich Blut geflossen sei und die Erde beschmutzt habe, auch die Uniformen, die weißen Hemden der Landwehrmänner, die Kutusow so am Herzen gelegen seien, dem Gegenspieler des *Heldentenors*, Kutusow, der gerne, auch in heiklen Momenten, französische Romane gelesen und sich dabei vermutlich regeneriert habe, was ja so etwas wie eine hübsche Nebenwirkung von Literatur sein könne.

Und ich dachte daran, wie mir Kaspar Baur erzählt hatte, wie er mit der Gisela und der Johanna und der Nichte nach Werdenburg gefahren sei, per Auto, in das Haus der Gisela, das schon seit Jahren leer stehe, weil sie, die Gisela, bei einem ihrer Söhne, dem Ebenbild ihres Mannes, des Ferdinand, lebe. Dort hätten sie im Garten die letzten Johannisbeeren gepflückt. Jede von ihnen sei vor einem Strauch gesessen oder gestanden und habe die übriggebliebenen Beeren von den Zweigen gezupft. Es sei ein schöner Sommertag gewesen. Bei der Ankunft sei man vorerst ins Haus gegangen, wobei er die Gisela habe stützen müssen. Und so sei er mit diesem Todesengel und mit der Johanna, dem andern Todesengel, in das tote Haus eingedrungen, um den Wind oder die Winde hereinzulassen. Bei jedem Fenster hätten vergilbte, zusammengefaltete Zeitungen gelegen, die man in den Falz der geöffneten Flügel geschoben habe, damit diese bei Luftzug nicht hätten zuknallen können. Zum Teil seien auch noch Vorfenster vorhanden gewesen. Natürlich habe man auch die Jalousien geöffnet, habe also das Licht hereingelassen, den Wind; sei von Zimmer zu Zimmer gegangen, wo vereinzelte Möbel mit Leintüchern zugedeckt gewesen seien, das Kanapee zum Beispiel, die geerbten Polstersessel, aber auch Tische. In der Wohnstube, der schönen, guten Stube, habe an der Ostwand immer noch das Heidebild mit den Schafen gehangen. Oben, im Schlafzimmer, über den Ehebetten und an der Westwand habe man wie eh und je das schmale, aber lange Heidebild vorgefunden, mit den Schafen darauf und dem Jesu. Und all diese Tage und Nächte, diese Frühlinge, Sommer, Herbste und Winter müßten sie dagehangen haben, die Schafe, unbeweglich, und der Jesus, und die Heide unten und die Heide oben müßten immer mit Sonnenschein überflutet gewesen sein, auch wenn es draußen geregnet habe oder geschneit. Staub habe die Dinge bedeckt. Beim Kamin sei Ruß herumgelegen. Aus den Zwischenböden sei Dreck heruntergefallen.

Und die Gisela und er, Kaspar, sie am Stock, ihm eingehängt, seien die Treppen hochgestiegen, langsam, seien dabei auch an der Garderobe vorübergekommen, wo noch der Hut ihres Mannes, des Ferdinand, gehangen habe, als würde Ferdinand jeden Augenblick auf den Hausplatz einbiegen, auf seiner schweren Harley-Davidson-Maschine, mit der sie gelegentlich auch nach Amrain gefahren seien, sonntags natürlich und in großen Abständen. Und damals habe es noch Hühner auf den Straßen gegeben. Die Gisela habe einen leisen Monolog geführt, während sie zusammen durch das Haus geschritten seien, Türen, Fenster, Jalousien öffnend, so daß der Sommerwind habe durchziehen und das Radon habe mitnehmen können, dieses radioaktive Gas, welches sich in Häusern anzusammeln beliebe, in unterschiedlichen Mengen freilich, wobei insbesondere alte Bauernhäuser, die nicht oder nur teilweise unterkellert seien, regelrechte Strahlenfallen sein könnten. Radon 222 zerfalle unter Aussendung biologisch sehr wirksamer Alphastrahlen in radioaktives Polonium, das ebenfalls bald wieder Alphastrahlen aussende. Atme der Mensch die kurzlebigen Radontöchter ein, dann finde deren radioaktiver Zerfall in der Lunge statt, genau gesagt im Bronchialepithel, einem äußerst strahlenempfindlichen und krebsanfälligen Gewebe.

Man habe natürlich auch die Küche durchschritten, wo noch der Backofen gewesen sei, in welchem die Gisela an Sonntagen die Brote gebacken habe, Züpfen und an Festtagen auch Kuchen, von denen sie auch nach Amrain zu bringen geruht habe.

Nachdem das Haus – den Winden preisgegeben – dagestanden habe, sei man gemeinsam durch die Scheune flaniert, wo sich Spinnweb breitgemacht habe im Lauf der Zeit, das vom Wind leicht bewegt worden sei, wie Fahnen. Man habe dabei auch den Stall betreten, wo ein Waschherd und Waschutensilien herumgestanden seien. Danach habe man sich wieder an die Johannisbeersträucher gesetzt oder gestellt, während einige Schwalben einem sozusagen um den Kopf geflogen seien,und zwar schreiend, als hätten sie melden wollen, daß das ein totes Haus sei und daß diese Beeren den Amseln und Spatzen gehörten, ihren Verwandten eben, und daß man da nichts mehr zu suchen habe und daß man das Haus offen lassen solle, auf daß sie, die Schwalben, Nester bauen könnten, über den Ehebetten, dort wo das Heilandbild hänge, mit der Herde darauf und der Heide. Man habe zum Nachbarhaus hinübergeschaut, wo vormals die Post untergebracht gewesen sei. Einige aus der Sippe des Posthalters lebten heute noch. Einer davon sei ein passionierter Pferdezüchter geworden. Und man habe auch über die Felder hin geschaut, wo früher das Ackerland des Ferdinand und der Gisela gelegen habe und wo er, Kaspar Baur, doch auch gelegentlich beim Heuen und Kartoffelernten mitgeholfen habe. So sei man mit Werdenburg verbunden gewesen, durch Gisela und Ferdinand, vor allem auch durch die Kilbi, welche zu besuchen man ein-, zweimal das Glück gehabt habe, was ein nachhaltiges Erlebnis gewesen sei. Über Jahrzehnte hin habe er, Baur, sich immer wieder vorgenommen, diese Kilbi, die es noch gebe, jeweils am ersten Augustsonntag zu besuchen, was er aber nie mehr geschafft habe. Ferdinands Elternhaus sei übrigens mitten in der Kilbi gestanden, habe einen Stoffladen aufgewiesen und an der Südfront einen Pflaumenbaum, dessen Früchte ausgerechnet zur Werdenburger Kilbi reif geworden seien und ein Blau aufgezeigt hätten, das sozusagen aus Staub bestanden habe. Das Nachbarhaus habe an der Südseite zwei feinblättrige Akazien gehabt, welchen er einen Platz in seiner Baumgalerie gegeben habe, wo sie heute noch stünden. Auch den Meilenstein in der Nähe von Ferdinands Haus habe er nie mehr vergessen, ein Meilenstein, der einen geradezu genötigt habe, auf ihm Platz zu nehmen, um den Fluß der Zeit zu beobachten. Diesen Stein gebe es nicht mehr.

Nachdem die Johannisbeeren gepflückt gewesen seien, habe man sich wiederum in das tote Haus begeben, in das schweigen- und stauberfüllte Haus, wo Ruß herumgelegen sei und Dreck aus den Zwischenböden, und wo der Hut des Ferdinand an der schlichten Garderobe gehangen habe, in einer Art, als käme Ferdinand jeden Augenblick auf seiner schweren Harley-Davidson-Maschine dahergerattert und sommers eben. Und man habe dann Fensterladen um Fensterladen geschlossen, sorgfältig, unter Aufsicht der Gisela, die am Stock neben ihm hergegangen sei, ihm eingehängt, beim Gehen zumindest. Natürlich habe man auch die Fenster zugemacht, nicht ohne zuvor die vergilbten, zusammengefalteten Zeitungen entfernt und sie rechts und links auf die Fensterbretter gelegt zu haben. Übrigens habe man oben angefangen, im Dachstock, wobei sich die Zimmer natürlich verdunkelt hätten, wenn die Läden zu gewesen seien. Und dann habe sich das große Schweigen wieder eingestellt.

Nachdem das Haus, das tote Haus, sorgfältig abgeschlossen gewesen sei, habe man die Liegenschaft im Gänsemarsch umschritten, dabei auch den Umschwung musternd, um dann das Auto zu besteigen und Amrain anzusteuern, jedes seinen Gedanken nachhängend. Dabei sei eben Sommer gewesen, die Schwalben seien herumgeflogen, gelegentlich aufschreiend, als hätten sie etwas zu melden, zum Beispiel, daß man ihnen die toten Häuser zu überlassen hätte, damit sie nisten könnten an den Decken über den Ehebetten und in der Nähe der Bilder mit dem Heiland darauf und den Schafen darauf und dem Heideland darauf, und daß sie Jahr um Jahr zurückkehren würden, in das Nest an der Decke über den Ehebetten der Gisela und des Ferdinand zum Beispiel, um in der Nähe des Heilandes, der Schafe und der ewig blühenden Heide ihre Jungen auszubrüten, die ausfliegen könnten durch die offenen Fenster und Läden, über Werdenburg hin und im Herbst über die Meere.

Die Johanna sei übrigens im Gehen auch nicht mehr so sicher gewesen, so daß er, Baur, auch diese gelegentlich am Arm herumgeführt, wenn es sich ergeben habe, daß die Gisela irgendwo beschäftigt gewesen sei, an einem Johannisbeerstrauch zum Beispiel, oder wenn sie sich aufgestützt habe auf ein

Fensterbrett, um hinauszuschauen über die Felder hin, Richtung Kirchhof auch, wo er, der Ferdinand, gelegen habe, sich dabei vielleicht erinnernd, wie sie früher in einem solchen Fall jeweils gefroren habe, hier, in der Stube mit dem Heidebild.

Ich drehte noch einmal den Kopf, als ich an der ehemaligen Bäckerei des Kunstturners, Lindas Vater, vorüberschritt. Dann und wann konnte ich durch die Ruine hindurchschauen, wenn sich die Löcher gerade gegenüberstanden, so daß ich auch Teile des Hauses des ehemaligen Schreiners wahrzunehmen vermochte, jenes Schreiners, der gehinkt und dessen Lehrbub die Fenster in der unteren Stube angefertigt habe, Fenster, die nie richtig geschlossen hätten, die aber bedeckt worden seien von Gardinen, die Blumen und Blattranken aufgewiesen, von der Decke bis zum Boden gereicht und ungefähr fünfzehn Zentimeter vom Fenster weg gehangen hätten. In diesem Zwischenraum hätten das Glockengeläute Amrains zum Beispiel und das Gerede in der unteren Stube der Baurschen Liegenschaft sich gegenseitig zu durchdringen Gelegenheit gehabt, gedämpft natürlich.

Dieser Schreiner habe übrigens vier, fünf Söhne gehabt, die bei Tanzanlässen aufgespielt hätten, so daß die Amrainer Jugend, aber auch jene der umliegenden Dörfer nach deren Melodien getanzt habe, nach den Melodien der Schreinersöhne, von denen er, Baur, eigentlich nie mehr etwas gehört habe.

Hinter dem Wohnhaus, am Bach entlang, der das

Areal des Spitals durchquere, habe dieser Schreiner seine Werkstatt gehabt, die immer noch stehe, quasi als Langbau, und dort seien also diese Lehrbubenfenster entstanden, welche über Jahrzehnte Wind und Wetter abgehalten hätten von der unteren Stube der Baurschen Liegenschaft, Fenster, vor deren einem seinerzeit der Forsythienzweig gestanden hatte, in einem Steingutkrug, als Kaspar Baur auf und ab gegangen war, vom Soldatentreffen erzählend, in jener Garnisonsstadt, wo er das Studium des Hochbaus betrieben hatte, und die er später alle Jahre zumindest einmal aufgesucht habe, im Herbst vor allem, und wo er dann jeweils den Gräbern der ehemaligen Lehrer nachgegangen sei, sich dabei an die breiten Daumen des Lehrers für Geometrie erinnernd, an den Spitzbauch, den Spitzbart und die hervorquellenden Augen des Lehrers für Freihandzeichnen, Augen, die wie geschaffen gewesen seien zum scharfen Beobachten, wobei dieser Lehrer gelegentlich gesagt habe, es gebe nur zwei Künstler in der Schweiz – der andere wohne in Zürich.

Am Bach, welcher an der ehemaligen Werkstatt des Schreiners entlangfließt, das Areal des Spitals von Amrain durchquert und dabei die Grundmauern des ausrangierten Leichenhauses beleckt, an diesem Bach bin ich dann stehengeblieben, um seinem Wasser zuzuschauen, wissend, daß es immer so geflossen ist, auch am Tag der Schlacht bei Borodino, wo Spätsommerwetter geherrscht und Kutusow seine Landwehrmänner bewundert habe, die am Tag vor der Schlacht weiße Hemden angezogen hätten. Jahrhunderte mußte dieser Bach durch Amrain geflossen sein, der Bach, in welchem Bennos und auch Kaspars Cousin ertrunken ist, in einer Winternacht bei Naßschnee.

Auf dem Areal des Spitals visitierte ich die Südfassade des Haupttrakts, machte den Balkon, das Fenster jenes Zimmers aus, wo ich Kaspar durch seine letzte Nacht begleitet hatte. Gelegentlich schritt eine Krankenschwester vorüber, ein Handwerker. Beinahe kahl standen die Eschen da, in welche ich in jener Nacht geschaut hatte, vor allem vom Balkon aus, auf welchen Schnee zu liegen gekommen war, in den ich Spuren getreten hatte, indes ich dann und wann am Geländer stehengeblieben war, dem Bach zuhörend, der die Grundmauern des ausrangierten Leichenhauses beleckte. Dort hatte ich auch den Schneeflocken zugeschaut, hatte diese sogar zu zählen versucht, denn sie fielen vereinzelt und in stattlicher Größe, so daß sie an Schmetterlinge gemahnten, welche den Jüngling zu umschwärmen geruhten, der ein geborener Insektenforscher gewesen wäre, dann aber Maschinenzeichner geworden sei und danach noch Maschinenschlosser habe werden wollen, was ihn zu guter Letzt das Leben gekostet habe, worauf er im Sarg gelegen, wie er herumgelaufen sei: etwas verkrampft, eine Schulter leicht hochgezogen, mit einem Lächeln über so viele Schmetterlinge.

Ich dachte an Baurs toten Kohlweißling, der auf dem Rasen gelegen und den er für Flugasche gehalten hatte.

Auf dem Weg zu Katharina, Kaspar Baurs Witwe, passierte ich den Feuerweiher, an dessen *Gestade* seinerzeit eine seiner, Baurs, Cousinen gewohnt habe, zusammen mit ihrer Familie, und deren eingesargten Mann er, Baur, habe hinuntertragen helfen, eine steile Treppe hinunter, so daß ihn einer hinten habe stützen müssen, während man das Plätschern des Bächleins habe hören können, das unweit davon in den Feuerweiher geflossen sei. Dieser Mann sei übrigens an einer Verstaubung der Lunge gestorben, die er sich zugezogen habe im damaligen Kalkwerk, wo er sein Leben lang Jurastein gemahlen habe, zu Kalkmehl, womit die Leute die Felder gedüngt und – mit Wasser angerührt – die Häuser gekalkt hätten, so daß sie weiß dagestanden seien, auch die Hütten, herausgeputzt eben mit Kalk, dem Material von jenem Berg, der gegen Norden hin Amrain abschirmt, und aus dessen Felsen gelegentlich Grabsteine gemacht werden.

Hie und da schnellte eine Forelle hoch.

An der Südseite des alten Feuerweihers hätten Birken gestanden, vier, fünf Birken. Unter der letzten, nach Westen hin, habe Baur sich einmal mit der Linda getroffen, und dahinter, nördlich, habe das Haus gestanden, in das später seine Cousine, die Ida, zu wohnen gekommen sei, die jetzt auf dem Friedhof zu Thierachern begraben liege, wo übrigens auch alle ihre Schwestern lägen und identische Holzkreuze auf ihren Gräbern hätten, auch gleiche Rosenstöcke, rechts vor dem Kreuz, und wo nun Idas Tochter, welche das mit den Kreuzen und den Rosenstöcken arrangiert habe, selber auch ruhe, unter identischem Holzkreuz wiederum und besagtem Rosenstock. Die

Tochter Idas habe einen Bauern aus der Gegend von Thierachern zum Mann gehabt, der nach Jahren seinen Bauernbetrieb aufgegeben habe, zugunsten einer Schlangenzucht. Diese Tochter also habe ihre Mutter und später noch ihre Tanten bei sich aufgenommen, als diese Amrain hätten verlassen müssen, wonach die Lisa, die mit den verschatteten Augen, die sommers weißgekleidet zur Kirche gegangen sei, mit weißen, langstulpigen Handschuhen auch, auf dem Kopf einen Strohhut mit künstlichen Kirschen darauf, diese gute, liebe Lisa, die Weißnäherin, die nebenbei, zusammen mit ihren Schwestern, auch noch Steckzwiebeln gezogen habe, über welchen Bläulinge getanzt hätten und Kohlweißlinge, wobei seine Cousinen im Stammhaus gewohnt hätten, am Rande Amrains, an der Dialektgrenze auch, im Baurschen Stammhaus am Jurasüdfuß, umgeben von Nuß- und Zwetschgenbäumen, deren Früchte schon Baurs Vater gepflückt haben müßte, wonach diese liebe, gute Lisa also, die mit den Sommersprossen und Seerosenaugen, dann innerhalb kurzer Zeit an Heimweh eingegangen und somit als erste auf den Friedhof zu Thierachern zu liegen gekommen, wo ihr Grab mit besagtem Holzkreuz und Rosenstock ausgestattet worden sei.

Mittlerweile hatte ich mich der Baurschen Liegenschaft genähert, bekam deren Westfassade vor Augen, mit dem Dach darüber, das dem Bild AD PARNASSUM von Paul Klee gleichkommt, die Westfassade mit dem Fensterchen und der Glyzinie, deren Ranken sich auf der gekalkten Mauer auszubreiten geruhten.

Hier, in dieser drei- bis vierhundertjährigen Liegenschaft hatte Baur mit seiner Katharina, den Kindern gehaust. Auch seine Eltern hatten schon hier gelebt. Im Obstgarten soll Baur als Knabe ganze Tage in den Bäumen zugebracht haben, in den Zwetschgenbäumen auch, deren Früchte, gepudert mit Himmelsstaub, er immer bewundert habe. In diesen Bäumen habe er der Zeit gelauscht, zuweilen sogar zugeschaut, wie man's auch auf dem Werdenburger Meilenstein hätte tun können, wenn man sich Zeit genommen hätte über Tage und Nächte, Sommer und Winter hin. Und dort seien auch die Geräusche Amrains in ihn eingegangen, das Klick ... Klick ... der Apfelpresse zum Beispiel, das sich aus dem Gebäude des Schlossers vorn an der Straße davongestohlen und über Amrain ausgebreitet habe zur Apfelzeit. Und der Most frisch ab Presse sei dann so etwas wie flüssiges Herbstlicht gewesen.

In diesem Obstgarten gibt's auch den Hain mit den Märzenglöckchen, die vom Löwental stammten, wo Kaspar und Philipp sie ausgegraben hatten, vor mehr als sechzig Jahren.

Ich betrat den Baurschen Boden, schritt durch die Tenne, den Dachstuhl betrachtend, dessen Balken von Hand zugehauen waren. Die Stöße der Biberschwanzziegel waren unterschindelt mit einem Aluminiumstreifen, der auf einer gewöhnlichen Schindel auflag, woraus zu schließen war, daß dieses Biberschwanzziegeldach vor nicht allzulanger Zeit umgedeckt worden sein mußte. Hier und da war ein Spinngewebe auszumachen, das reglos in den Sparren hing.

Hinter dem Haus stellte ich mich dorthin, wo Baur und ich das Bild nachgestellt hatten, *Zwei Männer in Betrachtung des Mondes*, während die Mondsichel in den *Güggel* stach; betrachtete den Kirschbaum, angesichts dessen der Ferdinand jeweils angemerkt hatte, er lasse keinen seiner Kirschbäume mehr so hoch werden. Er säge jeden oben ab. Er wolle keine hohen Kirschbäume mehr. Nun war dieses Wesen gleichsam zu einem Kirschbaumdenkmal verkommen, bewachsen von Efeu, Glyzinie, wildem Wein.

Der Schrei eines Bussards schreckte mich auf. Senkrecht über dem Baumdenkmal kreiste er, zusammen mit zwei Gespanen.

Ich setzte mich ins Gartenhaus, wo Kaspar Baur jeweils morgens und nachmittags eine Tasse Kaffee getrunken habe; musterte den Holunderbaum, hinter dessen filigraner Krone damals die Mondsichel in den Güggel gedrungen war; sagte mir, daß Baur unter diesem Holunderbaum Claude Simons *Gras* gelesen und den toten Kohlweißling ausgemacht habe.

Danach visitierte ich Rabatten und Blumenfloße, die mit Laub und Komposterde zugedeckt waren, fein säuberlich, und staunte darüber, daß Katharina dies alles noch bewerkstelligen konnte. Vermutlich standen ihr die Enkelkinder bei.

Ich stieg die hölzerne Außentreppe hoch, die bei Schneefall gewiß immer wieder gereinigt und mit Salz bestreut werden mußte. Baur soll übrigens selber einmal diese Treppe hinuntergefallen sein, und zwar aus eigener Schuld, denn er habe gelegentlich den Tick gehabt, die obersten zwei, drei Stufen zu überspringen, worauf er in besagtem Fall die vierte verpaßt habe.

Etwas verwirrt klopfte ich an, denn seit Jahren, seit Kaspar Baurs Tod war ich nie mehr in Amrain gewesen. Nach einer Weile wurde die Tür geöffnet und vor mir stand eine leicht gealterte, aber noch schöner gewordene Katharina, wobei ich unwillkürlich an Natascha denken mußte, die vermutlich ebenso schön, im Alter aber etwas dicklich gewesen sei, während Katharina eben schlank, schön, wenn auch gealtert vor mir stand, mich freundlich grüßte und in die Stube bat. Auf dem Kanapee lag eine Decke, an welcher Katharina gerade gehäkelt hatte. Sie habe im Laufe der Zeit einige solcher angefertigt, aus Garnresten, für die Kinder, Enkel, Urenkel, warme, gehäkelte Dekken. Sie fragte, ob es mich nicht störe, wenn sie daran weitermache, denn sie sollte vor Weihnachten damit fertig werden.

Man redete über den Martinisömmerchentag, über die Birken, die man am liebsten zählen gegangen wäre, auch jene ennet dem Rhein, bis nach Rußland hin. Katharina lächelte. Vielleicht dachte sie an Fürst Andrej Bolkonskij, den Kutusow, die Landwehrmänner, an das schwermütige Land schlechthin.

Ich stellte fest, daß sich in der Stube nichts geändert hatte, seit jenem Karneval. Einzig Caspar David Friedrichs *Eiche im Schnee* hing als Reproduktion zwischen den Fenstern der Südwand, wo die Bechburg gehangen hatte, der kolorierte Stich, angesichts dessen mir Baur erläutert hatte, daß aus der Umgebung der Bechburg jeweils am Karnevalssonntag ein Feuerwerk losgelassen werde. Dort hing nun also Caspar David Friedrichs *Eiche im Schnee*, vermutlich zur Erinnerung an Kaspar Baurs Aufenthalt im Spital zu Amrain, wo in seinem Zimmer, dem Bett gegenüber, ebenfalls eine Reproduktion dieses Bildes gehangen hatte. Bald werde in Amrain ebenfalls Schnee liegen, wie auf dem Landstrich mit der Eiche am Tümpel, sagte ich mir, wobei der Schnee auf deren Ästen nur fingerdick zu liegen schien, nicht handbreit, wie auf den Ranken der Glyzinie, welche eine Pergola gebildet hatte, über den Fenstern der Backstube, über die hinweg an Sonntagmorgen im Frühjahr die Mazurken hinausgedrungen seien, gespielt von Lindas Vater, dem Bäcker, so daß die Leute vom Quartier sich gesagt hätten: »Es muß doch Frühling werden!«

Ich erinnerte mich, wie Baur in seiner letzten Nacht, während unseres Gesprächs und auch sonst, immer wieder zu dieser Eiche im Schnee geschaut hatte, der Eiche, die so etwas wie einen Totenbaum darstelle, wobei ich Takte aus dem Lied auf die dreihundertjährige Eiche vom Walenboden zu vernehmen glaubte, der Eiche, aus welcher das Bildwerk geschaffen wurde auf dem Friedhof zu Amrain, das ich am Nachmittag betrachtet hatte, am Grab der Einsamen eben, wo sich auch die Asche jenes Schulkameraden befinde, der seinerzeit beim Hockeyspiel auf dem großen Eis mit den Maßliebchen darunter ihm, Baur, mit dem Hockeyknüttel einen Schlag auf die Nase versetzt habe, ungewollt, worauf er, Baur, seinen Schulkameraden, der übrigens ein Sohn jenes Sekundarlehrers gewesen, dessen Haus später abgebrannt und nicht mehr aufgebaut worden sei, am liebsten umgebracht hätte.

Katharina häkelte an ihrer Decke, die so etwas wie einen Teppich darstellte, mit Motiven, Farben, die sich wiederholten, so daß das Ganze ein in sich geschlossenes Bildwerk abzugeben versprach. Zwischendurch schaute Katharina auf, lächelte, ließ für Momente ihren Blick auf der Eiche ruhen, der Eiche im Schnee, mit dem Tümpel davor, dem fingerdicken Schnee auf den Ästen, worauf ich erwähnte, daß in Deutschland sieben von zehn Eichen bedroht seien, obwohl ihnen der Wettergott in den letzten Vegetationsperioden recht hold gewesen sei. Gegenüber dem Vorjahr habe sich die Lage nicht verschlechtert, hieße es regierungsamtlich. Doch die Statistik trüge: Die in der vergangenen Saison abgeholzten kranken Bäume würden unterschlagen, Angsttriebe oder Lametta-Äste übersehen, und das Leben in der Walderde sei noch immer weniger erforscht als der tote Boden des Mondes. 1985 habe man in Aussicht gestellt, daß die Stickoxid-Emissionen aus Autos bis 1988 um ein Viertel zurückgehen würden. Tatsächlich sei der Gesamtausstoß dieser Umweltgifte, die als hauptsächliche Waldkiller ausgemacht worden seien, um ungefähr zehn Prozent gestiegen. Trotz bleifreiem Benzin, Katalysator und schadstoffärmeren Motoren rieselten pro Jahr über drei Millionen Tonnen Stickoxide auf die Bundesrepublik nieder – mehr als je zuvor.

Zwar bemühe man sich redlich, andere Luftschadstoffe zu reduzieren. Der Ausstoß an Schwefeldioxid habe in der Bundesrepublik seit 1980 um fünfzig Prozent gedrosselt werden können. Doch Autoboom und Geschwindigkeitsrausch hintertrieben die zaghaften Versuche, unsere Wälder und Lungen zu entlasten.

Der Präsident des Bundeskartellamtes solle neulich auf einer Tagung gesagt haben: »Wenn es Aufgabe der Politik ist, den Menschen Chancen für Glück zu verschaffen, so muß die Politik uns unsere Freude am Auto lassen.«

Ich sagte, so pathetisch seien heute zuweilen die Berichte über den Zustand der Bäume, insbesondere auch über jenen der Eiche, des deutschesten Baumes.

Beide wußten wir, daß Kaspar diesem Baum nahegestanden hatte, daß er von Kindesbeinen an jeweils beim Anblick von Eichenblättern in leichte Erregung geraten sei, und daß er zumindest einmal in seinem Leben einen Eichenkranz hätte erringen mögen, versehen mit Eicheln und Schlaufen samt Goldfransen; und daß ihn Eichenhecken an Waldrändern entlang zeitlebens fasziniert hätten, besonders wenn der Wind durch sie gestrichen sei. –

Kaspar habe mir heute übrigens eine Rede gehalten, aus dem Grab, aus den Winterastern heraus, den porzellanfarbenen, sagte ich.

Viele seiner Kollegen seien Macher gewesen, habe Kaspar gesagt. Und Gemachtes sei leichter nachzuvollziehen. Er sei eine Figur gewesen, die aus der Müdigkeit gekommen sei. Vielleicht komme auch das Maßliebchen von dort.

Während nun also viele seiner Kollegen Flüsse

ausgemessen hätten, Seen, Tiefebenen, Häuser und Herzen, habe er sich auf den schwarzen Schimmel geschwungen, um hinter die sieben Berge zu entkommen, ins Sneewittchenland, denn auf dem schwarzen Schimmel zu reiten – sei Kunst, habe seine Enkelin gesagt, als sie fünf, sechs Jahre alt gewesen sei.

Er habe Pferden oft zugeschaut, vor allem wenn er die Grippe gehabt habe. Es seien die Pferde ihres Nachbarn gewesen, der sich erhängt habe, als er mit ihnen nicht mehr zu Rande gekommen sei. Vier Wochen später sei auf der großen Matte des Eierhändlers ein Fest veranstaltet worden, nicht dem Erhängten, sondern den Verwandten seiner Schwägerin zu Ehren, wobei der Vollmond über der erleuchteten, rotweiß gestreiften Festhütte gestanden sei, was dem Ganzen etwas Zirkushaftes gegeben habe, untermalt von Volksgesängen.

Er habe diese Pferde auch beim Meditieren ertappt, ausgerichtet gegen Osten hin, nach dem Reich Kaiser Franz Josephs eben, wo es die Reiterheere gegeben habe, wie es im Himmel ein Heer auf weißen Pferden gebe.

Kunst sei – auf einem schwarzen Schimmel zu reiten. Das habe er seiner Enkelin geglaubt. Er habe Kindern immer geglaubt.

Beim Reiten auf dem schwarzen Schimmel seien die Flüsse ausgelöscht worden, die Seen, Tiefebenen, Häuser und Herzen, auch die Inseln mit den Seerosen darum herum, auch die Nebel über den Tiefebenen, die zuweilen aufgestiegen und als duftige Schleier dahingezogen seien.

Hinter den sieben Bergen dann habe einem eine Welt zu Füßen gelegen, die etwas von Friedrichs *Böhmischer Landschaft* an sich gehabt habe, mit einem Klang darüber, der von Weingläsern herzurühren schien, deren Ränder mit feuchten Fingern bestrichen worden seien, von Witwen beim Leichenmahl ihrer Männer.

Reglos, als Häuptling Seattle sozusagen, mit dem Weltenwind im Gesicht, sei einem dann aufgegangen, daß die große Matte des Eierhändlers mit dem Festzelt darauf und dem Mond darüber und dem Reich dahinter, in das die Pferde des Nachbarn gestarrt hätten, nur ein Abguß habe sein können der großen Matte des Eierhändlers, die einem hier, hinter den sieben Bergen, zu Füßen gelegen habe, mit dem Festzelt darauf und dem Reich Kaiser Franz Josephs dahinter, dessen Untergang Joseph Roth im *Radetzkymarsch* festgehalten habe.

Mit einer Skabiose im Maul habe er, der schwarze Schimmel, einen wieder heimgebracht, an den Rand der großen Matte des Eierhändlers. Und man habe dann wirklich den Eindruck gehabt, die Welt hier rieche nach Gips ...

Amrain sei das Zentrum der Welt gewesen. Er habe das festgestellt, als er an einem Morgen und sonntags zur Post gegangen sei, und zwar Anfang November. Auf dem Heimweg sei er an der Brauerei vorübergekommen. Die Bäume hätten gerade die Blätter fallen lassen. Der Wind habe sie herumgewirbelt. Die Toten, das heiße, der alte Fabrikschmied, sein Schulkamerad (Hans, der Chopinspieler eben), der Wirt der

Brauerei, der Chirurg Dr. Ramser und der Schuhmacher und Oberturner hätten den Blättern nachgeschaut. Und er, Baur, habe gefühlt, daß das nun das Zentrum der Welt sein müsse: Amrain, insbesondere die Brauerei zu Amrain, samt den Häusern und den Bäumen darum herum, auch jenen, die es nicht mehr gegeben habe ...

Diese Brauerei habe er zeitlebens in sich herumgetragen, wobei die Brauerei in ihm drin wirklicher gewesen sei als jene, die man damals gerade umgebaut habe, ohne daß dabei die Umrisse zerstört worden seien; einzig die zwei Kastanien an der Westseite hätten weichen müssen, unter denen in den zwanziger Jahren das Turnerfoto gemacht worden sei, das dann in einem Haus ennet den Bergen gehangen habe, nicht hinter jenen sieben freilich, hinter welchen das Sneewittchenland gelegen sei, das sich aber in Wirklichkeit in einem selbst befunden habe, und in dem die Welt aufgehoben, während die *wirkliche* (Welt) der Verwitterung anheimgegeben gewesen sei. Der schwarze Schimmel habe die Verbindung zu gewährleisten gehabt zwischen hüben und drüben ...

Neben dem Festzelt auf der großen Matte des Eierhändlers sei gegen Mitternacht dann auch noch ein Feuerwerk losgelassen worden, unter zustimmenden Rufen der Gäste, von denen sich etliche abgelöst und an die Apfelbäume gelehnt hätten, um nach den Sternen zu schauen, über welche der Bauer von nebenan gewandert sein müsse und weit darüber hinaus ...

Nie habe er sich einspannen lassen von jenen Herolden, die ein neues Eden auszurufen beliebt hätten.

Verfallen sei er aber von jeher der Hinfälligkeit gewesen, dem zerbrechlichen Menschen, dem Klang, der die Welt ausmache.

Diese Herolde hätten auch in Aufklärung gemacht, die aber bereits mitten in Eden passiert sei, unter dem Baum des Lebens, als die Schlange der Eva geboten habe, von dessen Früchten zu essen, auf daß sie werde wie Gott.

Aufklärung sei also schon im Garten Eden passiert, wo allerlei Bäume aufgewachsen seien, und der wieder erstehen werde, aber nicht durch besagte Herolde und Aufklärer, sondern durch den, der den großen Klang erzeuge, indem er mit trockenem Finger der Spirale des Nebels im Sternbild der Jagdhunde entlangstreiche, daß es widerhalle bis an die Ränder der Welten ...

Er wäre eigentlich glücklich gewesen, wenn die Figuren, die er in den Wind geschrieben habe, zeitlebens, sich mit Jakob von Gunten und dem grünen Heinrich hätten zusammenfinden können.

Und Marcel Proust, wie auch Claude Simon seien ihm im nachhinein zu Don-Kosaken geworden, auf schwarzen Schimmeln eben, denen auch Robert Walser, die Virginia Woolf zugehört hätten, auch Gottfried Keller, dessen Meretlein ihn begleitet habe, als wär's ein Stück von ihm gewesen.

Und die Walzerklänge vom Kaiserball zu St. Petersburg hätten ihn jeweils begleitet auf seinem Ritt ins Sneewittchenland. Und die Chrysanthemen vom Blumenmarkt auf dem Bärenplatz zu Bern hätten jeweils aus Odettes Pariser Salon gestammt, nur daß sie

Jüdischer Verlag

Gershom Scholem
Tagebücher, Aufsätze und Entwürfe bis 1923

2. Halbband: 1917–1923
Herausgegeben von Karlfried Gründer, Herbert Kopp-Oberstebrink und Friedrich Niewöhner
Etwa 500 Seiten. Leinen
ca. DM 78,– / öS 569,– / sFr. 71.–
(Oktober 1997)

Jüdisches Städtebild Berlin

Herausgegeben von Gert Mattenklott
Mit einer stadtgeschichtlichen Einführung von Inka Bertz
Mit etwa 25 Fotografien von Wolfgang Feyerabend
Etwa 300 Seiten. Gebunden
ca. DM 48,– / öS 350,– / sFr. 44.50
(September 1997)

Chaim Cohn
Der Prozeß und Tod Jesu aus jüdischer Sicht

Aus dem Englischen übersetzt von Christian Wiese und Hannah Liron
Etwa 400 Seiten. Gebunden
ca. DM 58,– / öS 423,– / sFr. 52.50
(September 1997)

Else Lasker-Schüler
Werke und Briefe

Kritische Ausgabe
Im Auftrag des Franz-Rosenzweig-Zentrums der Hebräischen Universität Jerusalem, der Bergischen Universität Wuppertal und des Deutschen Literaturarchivs Marbach am Neckar herausgegeben von Norbert Oellers, Heinz Rölleke und Itta Schedletzky

Band 2: Dramen

Herausgegeben von Georg-Michael Schulz
Etwa 400 Seiten. Leinen
ca. DM 98,– / öS 715,– / sFr. 89.–
Subskriptionspreis:
ca. DM 80,– / öS 584,– / sFr. 72.50
(Oktober 1997)

Jüdischer Almanach 1998

des Leo Baeck Instituts in Jerusalem
Herausgegeben von Jakob Hessing und Alfred Bodenheimer
Etwa 170 Seiten. Broschur
ca. DM 28,– / öS 204,– / sFr. 26.–
(Oktober 1997)

Diese hier vorgestellten Neuerscheinungen finden Sie in allen Buchhandlungen. Andernfalls erklärt sich Ihr Buchhändler gerne bereit, jedes von Ihnen gewünschte Buch in kürzester Zeit zu besorgen.
Für weitere Informationen und Prospekte wenden Sie sich an Ihren Buchhändler oder direkt an den Verlag.

Fotonachweis: Holger André (A.F.Th. van der Heijden), Jerry Bauer (Lídia Jorge), C. Fischer (Marlene Streeruwitz), Isolde Ohlbaum (Mario Vargas Llosa), Peter Peitsch (Louis Begley), Simone Sassen (Cees Nooteboom), Michael Utz (Andreas Höfele)
Suhrkamp Verlag, Postfach 10 19 45, 60019 Frankfurt am Main. Preisänderungen vorbehalten. 6/97 (90164)

Suhrkamp Literatur

100. Geburtstag Bertolt Brecht
Pjotr Aleschkowski · Jurek Becker · Louis Begley
Roberto Calasso · Paul Celan · Tankred Dorst
Urs Faes · Peter Handke · A. F. Th. van der Heijden
Hermann Hesse · Franz Hodjak · Andreas Höfele
Lídia Jorge · Olof Lagercrantz
Rainer Malkowski · Friederike Mayröcker
Cees Nooteboom · Hans Erich Nossack · Amos Oz
Marcel Proust · Ilma Rakusa · Patrick Roth
Ralf Rothmann · Jorge de Sena · Mark Strand
Marlene Streeruwitz · Mario Vargas Llosa
Literatur aus Israel · Portugiesische Literatur
Spectaculum · Edition Zweite Moderne
Bibliothek Suhrkamp · Jüdischer Verlag

hier nicht die Farbklänge der untergehenden Sonne zu imitieren gehabt hätten. Im Fédéral am Bärenplatz sei übrigens Robert Walser ein und aus gegangen, wenn er nicht gerade an seinen Mikrogrammen geschrieben habe. Von dort aus sei er dann aufgebrochen ins Glasland – ohne wiederzukehren ... –

Ich schritt auf und ab, wie seinerzeit Kaspar in der unteren Stube, wo er vom Kamin zum Fenster, vom Fenster zum Kamin und so weiter geschritten war, vom Soldatentreffen berichtend, in jener Garnisonsstadt, die geschmückt gewesen sei mit Fahnen, welche über den Gassen gehangen hätten, wobei die große, die Schweizerfahne zuweilen waagrecht im Wind gelegen habe. In dieser Garnisonsstadt sei er vor dem Treffen noch ein wenig herumgestreunt, sei über das Areal des Technikums geschritten, habe die Fingerspitzen der rechten Hand über die Granitsteinquader gleiten lassen, was Erinnerungen ausgelöst, so daß er sich im Gespräch mit dem Lehrer für Freihandzeichnen befunden habe, im Dachgeschoß des Technikums eben, wo sie hinausgeschaut hätten in den Abend, der sich gerade verfärbt habe.

Und ich erinnerte mich, wie damals die Knospen des Forsythienzweiges vorn am Fenster der unteren Stube aufzubrechen geruht hatten, während Baur vom Soldatentreffen erzählte, vom Spiel des Trompeters, der, nachdem Feldweibel Krättli die Liste der Toten verlesen, zuhinterst in einem Korridor »Ich hatt' einen Kameraden ...« zu blasen gehabt habe. –

Zwei, drei Liegenschaften, darunter eine Tankstelle, säumten nun den Südrand der großen Matte des

Eierhändlers, auf welcher sich der Umzug im Kreis bewegte, bei Schneetreiben, zuvorderst diesmal die Abteilung der Amrainer Selbstmörder, angeführt vom Jüngling mit den Schmetterlingen. –

Flädlisuppe, Rindsbraten, Kartoffelstock, gemischter Salat, das obligate Menü eben, komme diesmal nicht auf den Tisch, dafür aber Eierpilze, Reis, Salat, Rotwein, sagte Katharina.

Von der Küche her war danach munteres Pfannengerassel zu hören, während Napoleon, wie an jenem Karnevalswochenende, durch sein Fernrohr schaute, über die Steppe hin, nach Moskau, das er einzunehmen gedachte, gegen den Widerstand von Marschall Kutusow und dessen Landwehrmännern, die am Abend vor der Schlacht bei Borodino weiße Hemden angezogen hatten, um sauber anzutreten, am Morgen dann, zur großen Schlacht.

Nun begannen die Eierpilze in der Bratpfanne zu duften, so daß die ursprüngliche Liegenschaft wieder zu erstehen schien, wo Kaspars Mutter noch unten, auf einem primitiven Holzherd Eierpilze gebraten hatte, so daß das ganze Haus nach Pilzen und Wald gerochen habe. Und in mir drin erstand das Bildnis der Natascha, die beim Pilzesammeln auf den Bienenvater gestoßen war. Ich bekam die Christi-Verklärungs-Kirche vor Augen, den Onegasee, auf welchem die Natascha und Fürst Andrej unter den Klängen von Schostakowitschs Vierter im Boot nach der Insel hinausfuhren, Natascha in einer weißen Bluse, gazefein und vom Winde bewegt. Und ich sah die Wolken darüber, die feinen, das Spiegelbild der Christi-Verklärungs-Kirche im Onegasee, verspürte den Wind im Gesicht, der von der Insel her zu wehen schien, auf welche Natascha und Fürst Andrej ihre Füße setzen sollten und wo dann Fürst Andrej einen Eierpilz zwischen Daumen und Zeigefinger zerrieb, so daß die Umgebung nach Eierpilz zu duften begann, während der Wind in den Kronen das Lied zu raunen beliebte, das *ewige* der Wälder eben.

Katharina trat herein, deckte den Tisch, holte Speise und Trank. Ich füllte die Gläser. Wir stießen an, auf Kaspars Rede aus dem Grabe, wobei man fand, daß Kaspar, dieser Rede nach zu schließen, sich doch insgeheim als Schriftsteller empfunden haben mußte, und daß er es wahrscheinlich auch hinter dem Sternbild der Jagdhunde noch so halte, eben seiner Rede nach zu schließen, die er gehalten hatte an diesem Martinisömmerchentag, wo man am liebsten Birken zählen gegangen wäre, bis nach Rußland hin, wo sie große Matten säumen, auf denen Kesselschlachten stattgefunden haben, wo heute noch Schädel herumliegen, Schenkelknochen, und wo sie, diese Birken, aufzublühen belieben, um danach mit Würde den Winter entgegenzunehmen, im Frühling ein *zartes* Grün aufzusetzen, als hätte es keinen Winter gegeben, keine Kesselschlachten, und als gelte es, neu anzufangen auf einer Erde, wo's eben ein St. Petersburg gibt, ein Jasnaja Poljana.

Ich bat Katharina noch einmal um Eierpilze, Reis, Salat; füllte die Gläser.

Nach dem Kaffee und dem Gebäck begann der Martinisömmerchentag zu erlöschen, während der

Große Bär sich anschicken mußte, über dem Jura aufzuziehen, wie damals, als Kaspar und ich *Zwei Männer in Betrachtung des Mondes* nachgestellt hatten, indes über dem *Güggel* die Mondsichel hing, die sich nach und nach in dessen Krete einsenkte, wobei das Filigran des Holunderbaums zu zittern begann, ohne daß ein Windhauch zu spüren war. Aber auch die Sterne über der großen Matte des Eierhändlers mußte es nun wieder geben, nach denen ein paar Gäste, an die Stämme der Apfelbäume gelehnt, ausgeschaut hatten, und über welche, eben vier Wochen zuvor, der Bauer von nebenan geschritten sein mußte und weit darüber hinaus.

Ich dachte an die Große Newa und daß sie nun dahinfließe unter dem Sternenzelt, wie sie immer dahingeflossen sei, und sagte mir, daß St. Petersburg immer noch an der Großen Newa liege, auch wenn es nicht mehr St. Petersburg heißen dürfe, und daß es weiterhin dort anzutreffen sei, wenn ja zu guter Letzt wohl auch bloß noch als Ruine; und erinnerte mich an die Schwalben und an die Fischreiher, die gelegentlich den Landstrich überquert hatten. Und über all dem lag der große Klang, der aus dem Sternbild der Jagdhunde herzukommen beliebt, nach Baur eben, wo der Herr über die Große Newa, St. Petersburg, die Schwalben und Fischreiher mit trockenem Finger der Spirale des Nebels entlangstreicht, daß es widerhallt bis an die Ränder der Welten.

Und ich sagte mir, daß auch Kaspar Baur über die Sterne hinweggeschritten sein mußte, über jene, nach welchen die Leute geschaut hatten, während die Raketen abgeschossen wurden, auf der großen Matte des Eierhändlers, dort wo's früher die großblütigen Vergißmeinnicht gab.

Katharina häkelte an ihrer Decke, gelegentlich aufschauend, Friede auf dem Gesicht, als wüßte sie nun den Kaspar zu Hause und wohlversorgt.

Ich sagte zu Katharina, daß ich in Solothurn einen Zwischenhalt gemacht, mich in der St. Ursenkathedrale unter die Kuppel gestellt und in deren Zenit geschaut und dabei an Kaspar gedacht hätte, und daß mich die Stukkaturen, diese gipserne Welt der St. Ursenkathedrale, beeindruckt hätten, und daß ich den Geruch des Gipses deutlich abbekommen, als ich vor dem Bildnis Thomas des Zweiflers gestanden hätte, wo Jesus diesem seine Wunde in der Seite aufzeige; worauf ich dann in die Jesuitenkirche gegangen sei, auf deren Dach die Steinheilige stehe, die genau nach Paris schaue, während beim Kunstmuseum der Blick des bronzenen Josef Joachim, Volksschriftsteller aus Kestenholz, bescheiden nach Kestenholz gerichtet sei. Und ich erwähnte, daß in der Jesuitenkirche auch diese Gipswelt dominiere, daß auch dort Gipsblumen blühten, aus gipsernen Ranken heraus, und daß diese Gipsvegetation sich quasi im großen Klang wiege, der eben, nach Kaspar, aus dem Sternbild der Jagdhunde herrühre; und fügte bei, daß sich in der Jesuitenkirche die Orgel ganz oben, unter der Decke befinde, und es einem ein Anliegen sein müßte, einmal einem Konzert in der Jesuitenkirche beiwohnen zu dürfen, denn die Akustik in diesem Gipsraum drin, in dieser Vegetation aus Gips müßte vermutlich großartig sein. Ich erwähnte, daß mir Kaspar erzählt habe, daß er, immer wenn er nach Solothurn gekommen sei, jeweils die Jesuitenkirche aufgesucht habe, um sich dem Gezirpe aus dem Getriebe des Kosmos auszusetzen, das er zum ersten Mal in der Kirche zu Raron habe wahrnehmen können, an deren Südfassade Rainer Maria Rilke liege, welcher das Licht und den Wind von Raron geliebt, so daß er sich testamentarisch ausbedungen habe, dereinst dort liegen zu dürfen, hoch über dem Rhonetal, um jeweils dabei sein zu können, wenn der Sommerwind aufkomme, das Sommerlicht sich wieder ergieße und die Grillen ihre Gesänge aussenden würden, Klänge, die sich eben vermischen müßten mit dem großen Klang aus dem Sternbild der Jagdhunde. Und ich sagte, daß ich danach durch das Bieltor gegangen, nachdem ich durch die Gurzelngasse geschritten sei, an welcher die Buchhandlung Lüthy liege, wo ja Kaspar als Jüngling immer wieder seine Bücher eingekauft habe, sich von der Schwester des Inhabers bedienen lassend, die Gertrud geheißen und sich jeweils in kleine Dispute über Thomas Mann habe verwickeln lassen, über Hermann Hesse, Wiechert, wobei sie zu Thomas Mann eigentlich ein gespaltenes Verhältnis gehabt habe, zu dessen Schreibe zumindest. Übrigens, an der Gurzelngasse sei ja auch das Haus mit der Tafel, die an Robert Walser erinnere, denn hier habe dieser einmal gehaust, als er in Solothurn gearbeitet habe; er sei viel unterwegs gewesen, dieser Robert Walser, so daß also auch er die gipserne Welt der Jesuitenkirche habe mitbekommen müssen und auch jene der St. Ursenkathedrale, wobei sich diese gipserne Welt eben in diesen Kirchen drin befinde, außenherum dominiere der Jurastein, aus dem sie aufgebaut seien, Kalkstein des Juras, aus dem auch Kaspars Grabstein gefertigt sei und aus welchem Milliarden von Grabsteinen herzustellen wären, wenn es sein müßte, denn dieser Jura erstrecke sich von Süddeutschland über die Schweiz bis nach Frankreich hinein, und zwar in mehreren Ketten. Aus dem Jura stammten ja auch die Musikdosen. Übrigens gebe es im Schloß Blumenstein zu Solothurn eine Sammlung von Musikautomaten; und man wisse von Kaspar, daß er sich doch häufig in den Hof dieses Schlosses begeben habe, denn er habe diesen Hof, an zwei Seiten umstanden von Fassaden, gemocht, wie er überhaupt die Liegenschaft Blumenstein gern gehabt habe, aufgebaut ihrerseits auch wiederum aus Jurastein, diesem Kalkstein, der durchdrungen sei von Sonnenlicht, und der sich dann unter dem Einfluß der Witterung grau verfärbe, während durch dieses Grau hindurch immer auch wieder so etwas wie Sonnenlicht zu dringen vermöge.

Katharina häkelte indessen an ihrer wollenen Dekke weiter, dabei quasi in Wolle praktizierend, was Kaspar vom Roman erwartet hatte, eben daß er gewissermaßen einem Teppich zu entsprechen hätte, handwerklich gefertigt, mit Motiven und Farben, die sich wiederholten, in Entsprechungen und Anklängen, so daß sich ein Ganzes ergebe, ein Abbild des Lebens, denn auch dort wiederholten sich Gestimmtheiten, Situationen, ganz abgesehen von den fixen

Wiederholungen des Herzschlages zum Beispiel, des Ein- und Ausatmens, des Schlafens und Wachens, des Essens und Hungerns, des Aufnehmens und Ausstoßens.

Und ich erwähnte noch einmal das Schloß Blumenstein, mit seinen herrlichen Fassaden, dem Hof, der Buche im Hof und dem Brunnen, und daß dort im ersten Stock Musikautomaten ausgestellt seien. Auch Konzerte würden dort abgehalten, im Schloß Blumenstein, was auch weltweit immer wieder geschehe, das mit den Konzerten, die mit dem großen Klang konkurrierten, was aber auch die Musikdosen täten und auch die Lieder der Kinder, der Mönche, so daß also immer wieder angesungen, angespielt werde gegen den großen Klang aus dem Sternbild der Jagdhunde.

In der Buchhandlung Lüthy übrigens hätten die ältere Tochter und der Sohn die Buchhändlerlehre gemacht, sagte Katharina, und vor der Buchhandlung hätten ihre Großeltern, dann die Eltern und danach einer ihrer Brüder jeweils am Mittwoch- und Samstagmorgen ihr Gemüse angeboten, über ein Jahrhundert hin, denn sie, Katharina, stamme eben aus einer Gärtnerfamilie des Nachbarstädtchens, und auch sie habe am Stand vor der Buchhandlung Nüßlisalat, Kohl und Rüben verkauft, wobei sie gelegentlich von der Mutter mitgenommen worden sei zu einer Tasse Kakao in die Kaffeehalle Flückiger, welche dem Stand gegenüber gelegen, wo ihr dann immer die gleiche Angestellte zur Begrüßung freundlich in die Zöpfe gegriffen habe, eine Angestellte, die bis vor kurzem dort noch anzutreffen gewesen sei, gelegentlich zumindest und als über Neunzigjährige natürlich.

Ich sagte zu Katharina, daß ich auch ins Kunstmuseum gegangen sei, um mich vor Albert Ankers *Mädchenbildnis auf rotem Grund* hinzustellen, in der Hoffnung, dessen Verwandlung ebenfalls mitzubekommen, von der Kaspar geredet habe, wenn er auf dieses Mädchen zu sprechen gekommen sei, indem sich dieses Mädchen auf rotem Grund für ihn, Kaspar, regelmäßig in das Meretlein verwandelt habe, so daß also das Mädchen auf rotem Grund plötzlich auch einen Totenkopf, Kindertotenkopf, in Händen gehalten habe und eine weiße Rose. Und ich erinnerte daran, daß Kaspar dieses Meretlein als ein Stück von sich empfunden habe, nach seiner Rede aus dem Grabe zu schließen, das nicht zu leben, dafür aber Forellen abzurichten und Leute zu betören verstanden habe.

Und so sei es nicht verwunderlich, daß er den Kindern geglaubt, auch seiner Enkelin, die gesagt habe, Kunst sei – auf einem schwarzen Schimmel zu reiten. Was doch eigentlich aufzeige, daß es Kunst im Grunde genommen gar nicht geben dürfte, obwohl es sie eben doch gebe, daß sie ihrerseits vielleicht ein Klang sei, der sich gewissermaßen aus dem großen Klang herausgelöst habe, als ein Nebenklang des großen Klanges, der aus dem Sternbild der Jagdhunde komme, nach Kaspar eben, wobei hier die Kunst schlechthin gemeint sei, nicht etwa nur die Musik, die vielleicht die Königin der Künste sei, was Katharina kopfnickend bestätigte, während sie immer noch an ihrer Decke häkelte, die von Blautönen beherrscht war, im Gegensatz zu ihren Vorgängerinnen, die mehrheitlich indianische Töne aufwiesen.

Ich dachte an Baurs Schwestern, die Gisela, die Johanna, die Julia, die hier, in dieser Stube, sich aufgehalten, wobei sie zuvor ihre riesigen Sträuße aus Winterastern unten auf der Gartenbank deponiert hatten, als die Kirschbäume als Fackeln dagestanden seien, deren Hüllen gelegentlich gezittert hätten, und um die herum dann und wann Krähen geschwirrt seien, um sich hernach davonzumachen, Richtung Jura, aus dessen Gestein Baurs Grabstein gefertigt ist, mit einem Strauß Winterastern davor, porzellanfarbenen, angehaucht von einem Rosaton, der mitzuschwingen schien mit dem großen Klang. Und hier, in dieser Stube, wo die Johanna, die Gisela, die Julia, Katharina und Kaspar um den Tisch herum gesessen hätten, seien ja plötzlich auch die Toten mit dabei gewesen, zum Beispiel der Schwager Ferdinand, Giselas Mann, der jeweils beim Anblick des Kirschbaums hinten im Baumgarten gesagt habe, er lasse keinen seiner Kirschbäume mehr so hoch werden. Er säge jeden oben ab. Er wolle keine hohen Kirschbäume mehr. Und auch die Mutter sei da gewesen, auch der Vater, der als Irrenwärter in Zürich fungiert habe, nachdem er seine Stelle als Oberschweizer auf der Insel Rügen und im Pommernland aufgegeben, wo er auch große Märsche getätigt habe, Märsche durch die Nächte eines stillen Landes, wenn man so wolle, hinter welchem die Große Newa fließe, an deren Mündung St. Petersburg liege, wo die Zaren gehaust hätten, woher aber auch Schostakowitsch gekommen sei, Joseph Brodsky, der die *Erinnerungen an Leningrad* geschrieben habe, in einer Prosa, die sozusagen Licht ausströme.

Es berührte mich also, in dieser Stube drinzusitzen, wo seinerzeit die Toten und die Lebenden um den Tisch herum gesessen hatten: Kaspars Vater und Mutter, Benno, Ferdinand, die Gisela, die Julia, die Johanna, Katharina und Kaspar, während draußen auf der Gartenbank die riesigen Winterasternsträuße gelegen hatten, durchweht von einem Wind, der vom Jurasüdhang herkam, nach welchem Kaspar etwa geschaut haben mußte, zum Beispiel als er unter dem Holunderbaum gesessen und Claude Simons *Gras* gelesen hatte, während dieses Stückchen Flugasche im Rasen gelegen, das sich später als toter Kohlweißling herausgestellt hatte und anderntags verschwunden gewesen ist, vermutlich verschleppt von einem Vogel.

Ich berichtete, daß ich auch bei der Kapelle St. Niklaus gewesen sei, auf dem Friedhof zu St. Niklaus, wo der Maler Frank Buchser begraben liege, und zwar an der Nordwand der Kapelle, und wo an deren Nordwestecke Charles Sealsfield gebettet liege, mit dem Vermerk auf der Grabplatte: *Bürger von Nordamerika*, Sealsfield, der lange Zeit bei den Indianern gelebt und als Kenner der indianischen Welt gegolten und den Indianerroman *Die weiße Rose* geschrieben habe. Charles Sealsfield habe eigentlich Carl Magnus Postl geheißen, sei der Erstgeborene von elf Kindern des Ehepaares Anton Postl und Juliana Rabl gewesen und sei im Jahr 1793 im deutschsprachigen Poppitz südwestlich von Znain geboren worden. Der Vater sei

Baumwärter, Weinbauer, Dorfrichter und Pöltenbergischer Kellermeister gewesen, als Charakter jähzornig, mehr verschlossen als offen, mißtrauisch, barsch, aber doch gutmütig, Züge, die man auch beim Sohn wiedergefunden habe. Die Mutter habe als eine fromme, verständige Frau gegolten, der das Wohl der Kinder über alles gegangen sei. – Charles Sealsfield sei ursprünglich Geistlicher gewesen, sei dann aber aus dem Orden geflüchtet, nach Amerika gelangt, von wo er als Alternder, unter anderem auch wegen einer Liebesenttäuschung verbittert in die Alte Welt zurückgekehrt sei, und zwar nach Solothurn, wo ihm sein Schweizer Freund ein Haus gekauft, dem Sealsfield den Namen *Unter den Tannen* gegeben habe. In Solothurn habe der Dichter dann wie ein Einsiedler gelebt, habe Wanderungen gemacht, im Museum Zeitung gelesen und kaum je mit einem Fremden gesprochen.

Wie Stifter, der Sohn des Böhmerwaldes, sei Sealsfield, der Sohn Mährens, ein Meister der Schilderung und der genauen Beschreibung gewesen.

Ich hatte die Angaben zu Charles Sealsfields Leben dem Manesse-Band *Die weiße Rose* entnommen, der gerade neben meinem Stuhl auf einem Bücherbrett gestanden und auf den mich Katharina aufmerksam gemacht hatte.

Ich las Katharina noch das aufgeführte Beispiel Sealsfieldscher Landschaftsschilderung vor:

»Es war ein endloser Raum, in dessen wellenartige sanfte Vertiefungen er hinabsehen und dessen sanftem Ansteigen er mit den Augen folgen konnte. Der schönste üppigste Wiesengrund, auf dem das zartgrüne Gras von der Morgenluft angeweht in sanften endlosen Wellen hinfloß und auf dem die in weiter Ferne zerstreuten einzelnen Baumgruppen wie Schiffe auf der unübersehbaren See zu schwanken schienen. Nirgends war ein fester Punkt zu sehen, und die ganze ungeheure Landschaft schwamm buchstäblich vor seinen Augen, sich wiegend und wogend, gleich dem vom sanften Ostwinde angesäuselten Meeresspiegel.«

Auf dem Weg zum Bahnhof sei ich am *Sommerhaus* vorübergeschritten, mit seinen zurechtgestutzten Eiben im Garten oder Park, sagte ich zu Katharina und fügte bei, daß mir dieses *Sommerhaus* in seiner Kargheit eigentlich erneut wieder Eindruck gemacht habe, vor allem auch im Zusammenhang mit seiner Umgebung, dem Park eben und dem Jura dahinter, zumindest wenn man von Süden her auf diese Liegenschaft schaue. Im Sommer stünden immer Palmen, Kübelpalmen, vor der Südfassade, die dem Ganzen ein mediterranes Cachet gäben, wobei der Name *Sommerhaus* ohnehin dazu beitrage, dieses Mediterrane hervorzuheben.

Auch das Kapuzinerkloster hätte ich passiert, sei sogar in dessen Kirche gegangen, um angesichts des Altars einen Moment still zu werden, an Kaspar zu denken, denn auch diese Kirche habe er ja jeweils aufgesucht auf seinem *Wildwechsel* in Solothurn, wie sie, Katharina, wohl wissen möge.

Beim Palais Besenval habe man die Staffage vom Südufer der Aare vor Augen gehabt, auch deren Spiegelung in der Aare, die hier ruhig dahinfließe, weil sie gestaut werde weiter unten. Am Ende der Brücke hätte ich mich dann umgedreht, um noch einmal auf das Palais Besenval zu schauen, die St. Ursenkathedrale, worauf sich auch die Steinheilige von der Jesuitenkirche ins Bild geschoben habe, jene Steinheilige, die genau Richtung Paris schaue, während Josef Joachims Bronzeblick bescheiden nach Kestenholz ausgerichtet sei. Und dann sei ich im Zug eben nach Amrain gefahren, dem Jurasüdfuß entlang, an diesem Martinisömmerchentag, der einen animiert habe, Birken zählen zu gehen, bis nach Rußland hin, wo sie riesige Matten säumten, auf denen Kesselschlachten stattgefunden hätten, und wo Totenschädel herumlägen, winters bedeckt von Schnee und Eis, sommers aus den Augenhöhlen heraus den Großen Bären visitierend, der vor Urzeiten von Gott an einem langen Seil auf die Erde hinabgelassen worden sei, wo er sich mit einer Menschenfrau vermählt und die Ahnen der Wogulen und Ostjaken gezeugt habe. Zu den uralaltaischen Völkern gehörten sie, die Wogulen und die Ostjaken. Ugrier seien sie, den Finnougriern zuzurechnen; den Ungarn, Liven, Esten, Finnen, Saamen, Kareliern, Lüden, Woten, Ingriern, Wotjaken, Tscheremissen, Mordwinen, Syrjänen und Samojenden verwandt; als Mansi und Hanti, wie sie sich selber nennten, dem Großen Bären viel näher als unsereiner.

Ihnen auf den Spuren eines finnougrisch-uralaltaischen Gedichtes zu folgen, den Großen Bären als Kompaß nahezu im Zenit des nördlichen Sternenhimmels, führe aus der niederungarischen Tiefebene über die Karpaten durch die Pripjet-Sümpfe ins nördliche Baltikum, über den Finnischen Meerbusen bis hinauf nach Lappland und hinunter zum Onegasee, südwärts zur Wolga, wieder hoch zum nordrussischen Land- und Timan-Rücken, schließlich hinter den Ural, an den Ob und seinen Nebenfluß Soswa, wo trotz drohender Industrialisierung und Einschulung der Kinder in zentrale Internate noch Bärenfeste nach uralter Überlieferung gefeiert würden. –

Vom Bahnhof aus sei ich dann direkt auf den Friedhof von Amrain gegangen, um Kaspar zu grüßen, worauf dieser mir eben jene Rede gehalten habe, die Rede vom großen Klang aus dem Sternbild der Jagdhunde, aus welcher zu schließen gewesen sei, daß Kaspar sich als Schriftsteller gefühlt habe, wenn auch als einer, der seine *Werke* in den Wind geschrieben und viele seiner Kollegen als Macher empfunden habe, welche die Welt aus Gips eigentlich nie verlassen, so daß ihre Hervorbringungen nach Akademie-Sälen gerochen hätten, mit Gipsfiguren an den Wänden, statt der Vogelbilder, aus denen gelegentlich ein Zwitschern getönt und sich mit dem großen Klang aus dem Sternbild der Jagdhunde vermischt habe.

Katharina rückte erneut mit Kaffee auf, mit Gebäck, setzte sich an den Tisch, mir gegenüber, schenkte Kaffee ein, goß Milch nach, reichte mir das Gebäck, schaute mich an, lächelnd, und sagte, es sei schon verwunderlich, daß Kaspar diese Rede aus dem Grabe gehalten habe, die Rede vom großen Klang, der aus dem Sternbild der Jagdhunde herüberklinge, das heiße, den ganzen Weltenraum erfülle, indes dieser Klang nicht konstant vorhanden sei, so daß dazwischen das Gezirpe aus dem Getriebe des Kosmos zu vernehmen wäre. Und das freue sie eigentlich, wiederum von dem schwarzen Schimmel gehört zu haben, der zu Kaspars Lebzeiten etwa aufs Tapet gekommen sei. Diesen Ausspruch: *Kunst sei – auf einem schwarzen Schimmel zu reiten*, habe ja ihre Enkelin geprägt, wobei sie ihn wahrscheinlich auch wiederum von andern Kindern übernommen habe. Katharina sagte, daß sie immer wieder das Gefühl gehabt habe, er, Kaspar, gehöre unter die Kosaken, wenn auch nicht gerade unter jene Don-Kosaken, unter welche Kaspar, nach seiner Rede aus dem Grabe, den Claude Simon, Beckett und den Proust gerechnet habe, auch den Robert Walser, die Virginia Woolf. Und sie habe oft das Gespür gehabt, wenn sie miteinander durch die Stille flaniert seien, er sei irgendwie weg, der Kaspar. Und da habe sie eben an diesen schwarzen Schimmel gedacht, der einen zu entführen vermöge, hinter die sieben Berge, ins Sneewittchenland, in einen Landstrich erfüllt von einem Glasklang, der von Weingläsern herzustammen scheine, deren Ränder mit feuchten Fingern bestrichen würden von Witwen beim Leichenmahl ihrer Männer.

Und das mit dem Festzelt auf der großen Matte des Eierhändlers habe auch sie damals beeindruckt, besonders weil der Vollmond darüber gestanden habe, das Licht und die Volkslieder die rot-weißen Planen durchdrungen hätten. Und um Mitternacht sei wirklich ein Feuerwerk losgelassen worden, so daß dann quasi ein Feuergarten am Himmel entstanden sei, unter jenen Sternen, über die der Baur von nebenan vier Wochen zuvor geschritten sein müßte und weit darüber hinaus. Mit dieser Matte des ehemaligen Eierhändlers, der Baumberger geheißen habe, sei Kaspar zeitlebens verbunden gewesen, auch mit den Pferden, welche dem Bauern gehört hätten, der sich vier Wochen vor dem Fest erhängt habe. Bei Grippeerkrankung sei Kaspar etwa im Bett gesessen und habe hinausgeschaut auf diese Pferde des Nachbarn, die wirklich gelegentlich dagestanden seien, als würden sie meditieren, ausgerichtet nach Osten hin, nach dem Reich Kaiser Franz Josephs, wo es diese Reiterheere gegeben habe, wie es im Himmel ein Heer auf weißen Pferden geben solle. Und sie hätten einmal einer Evangelisationsveranstaltung beigewohnt, wo der Prediger von diesem Heer auf weißen Pferden geredet habe. Seltsamerweise sei dann dieser Prediger in das Haus des Uhrmachers Albert Baur, Kaspars Cousin, zu wohnen gekommen, nachdem dieser Cousin und dann auch dessen Frau gestorben seien. Und dieser Prediger lebe heute noch, trage übrigens einen Vollbart und sei immer noch ein redseliger Mann, obwohl er weit über achtzig sei. Der Prediger habe das Haus des Uhrmachers etwas umgestaltet, die Werkstatt des Uhrmachers in einen Wohnraum verwandelt, so daß keine Uhren mehr an den Wänden tickten, von denen Kaspar öfter gesagt habe, sie hätten die Amrainer Zeit gewissermaßen um die Wette vertickt. Auch den Garten habe der Prediger umgestaltet, habe die Fassaden gestrichen, so daß die Affiche *Alfred Baur, Uhrmacher* verschwunden sei, die an der Südfassade geprangt habe, wobei eigentlich nur Kirchgänger und Nachbarn die Affiche hätten zu Gesicht bekommen können. Cousin Albert habe übrigens ein kürzeres Bein gehabt. Andere Cousins seien Trompeter, dominierende Mitglieder der Amrainer Blechmusik gewesen, hätten also mitgeholfen, Blechmelodien in die Lüfte zu blasen, sommers vor allem und sonntags, bei festlichen Anlässen, so daß diese Blechlieder über die Dächer von Amrain hingewallt seien, wie's die Wolken täten, die gazehaften, die auch über dem Onegasee zu hängen beliebten.

Der erwähnte Prediger habe einen Sohn, der Schriftsteller sei. Er lebe zeitweise in Berlin und habe einen beachtlichen Kriminalroman geschrieben, vielleicht zum Leidwesen seines Vaters, des Predigers.

Katharina goß Kaffee nach. Vermutlich hatte auch sie das Bedürfnis, sich ein wenig aufzuputschen, hatte mein Besuch sie doch ermüdet, meine Repetition von Kaspars Rede aus dem Grabe sie nachhaltig durcheinandergebracht, wobei wieder dieser schwarze Schimmel mit ins Spiel gekommen war, welcher im Leben dieser beiden, der Katharina und des Kaspar, doch eine Rolle gespielt hatte, der schwarze Schimmel, welcher die Verbindung herzustellen hatte zwischen unserer Welt, die nach Gips zu riechen beliebe, und jener Welt hinter den sieben Bergen.

Vermutlich berührte es Katharina, daß sich Kaspar als Schriftsteller gefühlt, obwohl er seine Texte in den Wind geschrieben hatte. Und ausgerechnet eine

Skabiose soll der schwarze Schimmel zwischen den Lippen gehalten haben, wenn er von drüben gekommen sei in eine Welt, die der Verwitterung anheimgegeben, während im Sneewittchenland die Welt aufgehoben sei, wobei dieses Sneewittchenland sich in unserer Seele befinde, die auch schon das *weite Land* geheißen worden ist.

Auch die Erwähnung des Nachbarn mußte Katharina bewegt haben, dessen Pferde an der Westseite der großen Matte des Eierhändlers entlangzugaloppieren beliebten, gelegentlich die Köpfe und Hinterbeine verwerfend. Dieser Bauer habe über lange Zeit das Gras ihres Apfel- und Kirschgartens als Futter für seine Pferde und Kühe verwendet. Zudem sei er Kaspars Schulkamerad gewesen. Kaspar habe ihr einmal erzählt, daß dieser Bauer ihm seinerzeit gesagt habe, wenn es dann nicht mehr gehe ..., wobei er den Satz nicht vollendet, dafür aber das linke Auge zugedrückt habe. Und der Bauer sei dann wirklich aufgebrochen und über die Sterne gewandert und weit darüber hinaus.

Und daß Kaspar gerne über den Blumenmarkt am Bärenplatz zu Bern flaniert sei, das habe sie gewußt; sie hätten es übrigens einige Male auch gemeinsam getan, das Flanieren über den Blumenmarkt, wonach sie dann zur Erinnerung an ihren Hochzeitstag im Restaurant Gfeller zu Mittag gegessen hätten, insbesondere zur Erinnerung an ihr Hochzeitsmahl, das sie zwei alleine eingenommen hätten, um dann in Bolligen um 17 Uhr sich trauen zu lassen, während es geschneit habe, in großen Flocken, so daß das Grün der Buchsbäume im Garten der Kirche noch grüner geworden sei. Und eine Klivie habe geblüht in der Kirche. Und den Robert Walser habe Kaspar eigentlich gemocht, sagte Katharina, und vor allem das Prosastück *Winter* habe ihn beeindruckt, das er im alkoholfreien Restaurant *Turm* zu Langenthal gelesen und gleich zur Ballade vom Schneien erhoben habe. Und das Meretlein habe ihn wirklich begleitet, denn auch er, Kaspar, sei nicht unbedingt zum Leben geschaffen gewesen, habe nicht einmal die Leute zu faszinieren, geschweige denn Forellen zu zähmen vermocht.

Soviel sie wisse, sagte Katharina, habe Kaspar von Keller nur den *Grünen Heinrich* gelesen, diesen dann aber in die ersten Ränge verwiesen. So habe er auch Claude Simon zum größten lebenden Autor erkoren. Dann und wann habe sie Kaspar am Büchergestell angetroffen, mit Simons *Gras* in den Händen, wobei er vermutlich versucht habe, die Zeit in die Nase, das Licht ins Gespür, den großen Klang ins Gehör zu bekommen. Übrigens habe sie, Katharina, gar nicht gewußt, daß es ein Sternbild der Jagdhunde gebe. So habe also Kaspar nicht nur das Gezirpe im Getriebe des Kosmos gehört, zeitweilig zumindest und erstmalig in der Kirche zu Raron, sondern er habe es auch geschafft, den großen Klang zu vernehmen, denn er habe ja geglaubt, daß die Welt letztlich Klang sei.

Katharina goß Kaffee nach, auf unsere Abgespanntheit hinweisend, und daß sie bewußt Winterastern auf das Grab plaziert habe, porzellanfarbene, rosa angehaucht, denn es dünke sie, diese Blume in genau dieser Tönung passe zu Kaspar, jetzt, im Martinisömmerchen, der Zeit auch der Chrysanthemen, die ihm, Kaspar, zu nobel gewesen seien, diese hochgezüchteten Chrysanthemen, welche Odette in ihren Salon zu stellen beliebt habe, um damit die Farbtöne der untergehenden Sonne zu imitieren, wenn über Paris der Abendhimmel längst verblüht gewesen sei. Seltsamerweise habe er Winterastern sogar noch in der Grabeskirche angetroffen, auf ihrer Reise durch Israel. Sie hätten, wie ich vermutlich wisse, die Via Dolorosa abgeschritten, in einer Prozession drin, hin zur Grabeskirche. Kaspar und sie, Katharina, hätten die Reise durch Israel als so etwas wie einen Höhepunkt ihres Lebens empfunden, nur dürfe man vielleicht nicht bloß als Tourist, sondern müsse als Pilger nach Israel gehen, wo man nachts die Sterne antreffe, die schon Jesus angeschaut habe, große Sterne. Und der Berg der Seligpreisungen am See Genezareth sei weitherum sichtbar, mit seiner weißen Kirche unter Bäumen. Von Tiberias aus zum Beispiel könne man die Gedächtniskirche und die Bäume drum herum wahrnehmen, was einen immer wieder an Jesu Bergpredigt erinnere und seine Wanderung vom Berg der Seligpreisungen hinunter nach Kapernaum. Diesen Feldweg übrigens hätten die Amrainer Pfarrleute, Kaspar und sie, Katharina, abgeschritten, denn es müsse noch derselbe Weg sein, außer, es hätte ein Erdbeben die Topographie am Hang des Berges der Seligpreisungen verändert. Am Hafen von Kapernaum sei man gewissermaßen auf denselben Steinplatten gestanden wie Jesus, mit Blick auf den See

Genezareth, auf den Dampfer wartend, der einen nach Tiberias zu bringen gehabt habe. Auf dem Schiff habe man unablässig den Fleck vor Augen gehabt, auf dem Jesus die Bergpredigt gehalten habe. Und ich wisse vielleicht, daß Kaspar in diesem See habe schwimmen wollen und daß er das beinahe nicht zustande gebracht habe, sei es doch das Gewässer, auf welchem Jesus den Sturm beschwichtigt habe, und auf welchem er mit hinausgefahren sei zum Fischfang, denn einige seiner Jünger seien ja Fischer gewesen, Fischer vom See Genezareth, sagte Katharina.

Ich kam auf die Kaffeehalle Drei Linden zurück und daß ich dort Kaffee getrunken und nach der Liegenschaft des Bäckers hinübergeschaut hätte, die hohläugig dastehe, den Winden preisgegeben. Und ich fügte bei, daß aus den offenen Fenstern über der Backstube jeweils an Sonntagmorgen im Frühjahr des Bäckers Klavierspiel hinausgedrungen sei: Das Lied vom Frühling.

Jetzt gebe sich die Liegenschaft also hohläugig wie die Totenschädel auf den Matten, den großen Matten der Kesselschlachten im Osten eben, um die herum Birken stünden, die jetzt, wie die unseren, rot und gelb blühten, bevor es Winter werde.

So stehe die Liegenschaft Lindas da, ausgeblasen von den Winden, schutzlos, während die Risse in den Mauern größer würden, der Bach, der immer schon unweit davon durchgeflossen sei, munter weiterfließe, sofern er Wasser führe, derselbe Bach, der das Grundgemäuer des ehemaligen Leichenhauses des Spitals umspüle, wie damals in jener Nacht, als Kaspar seine

Erinnerungen losgeworden sei, um dann zum Morgen hin, nachdem die Sonne bereits den Nebel zu durchdringen versucht habe, aufzubrechen nach den Sternen und weit darüber hinaus. –

Man kam danach auf die *Kristallnacht* zu sprechen, welche auf die Nacht genau vor fünfzig Jahren über die *arische Bühne* gegangen war. Und Katharina bemerkte, warum man jene Nacht wohl mit *Kristallnacht* benannt habe, hätten doch die zertrümmerten Scheiben und Schaufenster aus gewöhnlichem Glas bestanden, während ungezählte Juden ermordet und Synagogen in Brand gesteckt worden seien, bis auf eine, vor welche sich ein angesehener Funktionär mit geladener Pistole gestellt und die Brandstifter mit der Bemerkung abgehalten habe, nur über seine Leiche hätten sie Zutritt. –

Katharina trug den Tisch ab und spülte das Geschirr. Ich ging zum Fenster, schlug die Vorhänge zurück, löschte das Licht und schaute in die Martinisömmerchennacht, indes, wie gesagt, über dem Jura der Große Bär liegen mußte, der vielleicht auch einzusehen war von den großen Matten aus, den Matten mit Schädeln darauf, hohläugig wie Lindas Liegenschaft.

Auf der Fahrt nach Amrain hätte ich einen Artikel gelesen, sagte ich, als Katharina wieder auf dem Kanapee saß und häkelte, den Bericht eines scheidenden Korrespondenten, sozusagen einen Abschiedsbrief aus Moskau, einen Bericht über Erfahrungen und Einblicke in ein schwermütiges Land. Die Außenansichten Moskaus und der russischen Landschaft seien

– wenn nicht gerade durch Sonne, Schnee und goldene Kuppeln verzaubert – schwermütig. Und schwermütig seien die Akkordeonweisen, zu denen im Fili-Park zu Moskau am späten Sonntagmittag ältere Frauen in gespielter Fröhlichkeit ein paar Tanzschritte machten.

Ein *aufgeklärter Perestroika-Absolutismus* verordne der Arbeiterklasse, die nicht danach gefragt habe, *sozialistische* Marktwirtschaft, *sozialistischen* Pluralismus. Man wolle jetzt plötzlich vom Kapitalismus und von der westlichen Sozialdemokratie lernen. Früher sei dies als *Revisionismus* verschrien gewesen, und die Gegner der Reformen befürchteten denn auch eine Erosion des Parteimonopols: des Monopols auf Planung, Wahrheit, des Monopols des Parteikaders auf Privilegien, welche in diesem *klassenlosen* Land eine *Klassengesellschaft* par excellence etabliert habe.

Gorbatschow wolle in der Tat die Partei schwächen, um sie zu stärken. Mit Demokratisierung im westlichen Sinn hätten dieser Rettungsversuch und dieser Machtkampf nichts zu tun.

»Bei aller Glasnost treiben wir weiter die alten Spiele«, solle ein Offizieller in privatem Gespräch bekannt haben. Darin scheine das Verhängnis dieses veralteten halbtotalitären oder autokratischen Systems zu liegen, daß Neues nur mit alten Methoden eingeführt werden könne, weil sich das System längst gegen alle Erneuerung immunisiert habe und die Macht seiner Führer beschränkt sei. Die Größe des sowjetischen Imperiums, dieser letzten Kolonialmacht der Welt, lähme paradoxerweise die zu ihrer totalen Kontrolle geschaffene zentralistische Allmacht.

Nach der Freilassung Sacharows und anderer politischen Gefangenen im Winter 1986/87 habe sich die Dissidentenbewegung gewandelt und geöffnet. Die neuen, immer noch engen Freiräume hätten zur Neubelebung zentrifugaler nationalistischer Strömungen im Transkaukasus und im Baltikum geführt. Der Ausgang sei ungewiß. Das Imperium breche nicht auseinander, aber sein Zwangscharakter sei wieder einmal schärfer hervorgetreten. In einigen Bereichen sei Gorbatschow mit unsowjetischem Mut ein unkalkulierbares Risiko eingegangen, was sich nicht zuletzt auch in krisenhaften Vorgängen in den anderen Ostblockstaaten niedergeschlagen habe.

Bei einem Abendessen im Restaurant Zentralnaja an der Gorki-Straße im Moskauer Stadtzentrum werde einem unter spätbürgerlichem Dekor, Stukkaturdecken und wuchtigen barbusigen Barockengeln bewußt, daß die Oktoberrevolution trotz der Allgegenwart von Lenin-Statuen in diesem Land auch zugleich wie ein Fremdkörper wirke. –

Es sei eigentlich schade, fand man, daß Kaspar diese Perestroika nicht mehr habe mitbekommen können, habe er doch immer wieder hinübergehorcht in jene Weiten, die von Birken bestanden seien, unter anderem, und wo's diese riesigen Matten gebe, auf denen Kesselschlachten stattgefunden hätten. Kaspar habe sich gewundert, daß dieses marxistische Experiment so lange durchzuhalten gewesen sei, denn es stehe den Leuten schlecht an, sich gängeln zu lassen, seien sie doch ohnehin Zwängen unterworfen, biologischen, geschichtlichen, und eingebettet in ein großes Ganzes, das ein seltsames Maß an Freiheit belasse, welches nicht mutwillig beschnitten werden dürfe. Kaspar habe nie begriffen, daß viele unserer Schreiber, Pfarrer, Lehrer die Gängelung billigten, sie anstrebten. Und so müßte, sagte Katharina, Gorbatschows Perestroika ihn, Kaspar, beglückt haben, obwohl dieser Perestroika nicht zu trauen sei, weil Gorbatschow vom Einparteiensystem nicht abrücken wolle.

Katharina legte die Decke zusammen, trug sie ins Nebenzimmer. Ich rief mir, am Fenster stehend, Lindas Liegenschaft in Erinnerung, die hohläugige, hörte gewissermaßen das Klavierspiel des Bäckermeisters, das frühjahrs aus den Fenstern über der Backstube hervorquoll und in den umliegenden Buchenwäldern Buschwindröschen zeitigte, übergossen von Frühlicht dann und wann.

Sie habe kürzlich am Bildschirm Anton Tschechows *Onkel Wanja* gesehen, sagte Katharina, inszeniert von Hans Lietzau an den Münchner Kammerspielen, und es sei vermutlich ihr größtes Theatererlebnis gewesen, wobei Kaspar und sie eigentlich nur wenige Theateraufführungen erlebt hätten. *Onkel Wanja* freilich hätten sie schon einmal gesehen, zu Lebzeiten Kaspars noch, und auch den *Kirschgarten, Die Möwe, Drei Schwestern.* Für die *Drei Schwestern* seien sie sogar extra mit einem befreundeten Schriftsteller nach Freiburg im

Breisgau gefahren, während *Die Möwe* im Zürcher Schauspielhaus aufgeführt worden sei, *Onkel Wanja*, soviel sie sich erinnern könne, in Basel, *Der Kirschgarten* in Olten. Alle diese Aufführungen hätten sie mit dem befreundeten Schriftsteller besucht, der sie jeweils im Auto mitgenommen habe. Damals sei von diesen vier Aufführungen wohl *Die Möwe* die eindrücklichste gewesen, in der Inszenierung von Düggelin, die aber seltsamerweise bei der Kritik nicht angekommen sei, was sie, Kaspar und Katharina, nicht begriffen hätten.

Sie habe also *Onkel Wanja* gesehen und habe dabei an einen russisch-orthodoxen Gottesdienst denken müssen, dem sie beigewohnt habe in der Kirche zu Kriegstetten, wo russisch-orthodoxe Gesänge erklungen seien, interpretiert freilich von einem Schweizer Chor, wobei in diesen Gesängen das schwermütige Land mit drin sei und seine doch wohl auch schwermütigen Eingeborenen, so daß Auf- und Untergänge Gestalt annähmen. Aber auch der Wind tue mit in diesen Gesängen, die Brandung der Gräser, wenn auch zurückgenommen, von einem Goldglanz überhaucht.

Genauso habe sie *Onkel Wanja* empfunden, dargeboten eben von einem Ensemble der Münchner Kammerspiele, wunderbar dargeboten. Jede Rolle sei erstens richtig verteilt gewesen und zweitens ausgezeichnet gespielt. Und dieser Anton Tschechow sei einem neu wieder groß geworden in seiner unglaublichen Glaubwürdigkeit, seinem Wissen um die Auf- und Untergänge. Und sozusagen in der Banalität drin kreisten die Gespräche, soweit es überhaupt Gespräche seien. Häufig seien es ja Monologe, die da ausgetauscht würden. Und es passiere praktisch nichts, das heiße, Leute verließen das Zimmer, andere kämen wieder herein. Die Stühle würden gewechselt, gerückt. Bald schweige die eine Person, dann wieder rede die andere, wie aus dem Traum heraus zuweilen, unzusammenhängend. Und wie sich da die Anziehung und Abstoßung der Seelen vollziehe, ohne daß die Leute viel dazu tun könnten. Und wie da die Unmöglichkeit zu einer Erfüllung zu kommen, sich herausgestellt habe, die Verwerflichkeit auch. Und wie die Nichtsnutzigkeit aufgeschienen habe, die Aussichtslosigkeit, während die Stunden dahingerollt seien im schwermütigen Land, und wie da die Nachtstunden hereingebrochen seien und wie es ein Uhr geworden sei und zwei Uhr und wie die Leute getrunken und sich gesehnt und auf Liebe gewartet und die Liebe verpaßt, nicht erreicht hätten, keiner habe sie erreicht, und wie die Nichte von Onkel Wanja, die Sonja, vielleicht die geschundenste, weil sie den Doktor, den Freund Onkel Wanjas, geliebt habe, ohne auf Gegenliebe zu stoßen, wie da diese geschundene Nichte des Onkels Wanja, übrigens gespielt von Friederike Kammer, zuletzt dann, als alles habe zusammenbrechen wollen, im Leben des Onkels und in ihrem Leben, wie sie sich dann aufgerafft habe, mit Gottes Hilfe, und den Onkel Wanja getröstet habe, aus ihrem Leid heraus, ihm Mut zugesprochen habe, ihn aufgefordert habe, doch sein Los zu tragen, ihr gemeinsames Los zu tragen, und wie sie doch arbeiten müßten, jetzt wieder, auf daß das Leben weitergehe, nachdem der Professor und die Stiefmutter abgereist seien, was von drei, vier Personen gemeldet worden sei, in Abständen von ein paar Minuten, indem sie gesagt hätten: »Sie sind weg!« »Sie sind weg!« »Sie sind weg!« Und wie die alte Magd aufgetreten sei, quasi als das Leben selbst, das Leben in seiner Weisheit, seiner Güte, und wie der verschupfte, das Gnadenbrot essende ehemalige Besitzer des Gutes die Gitarre gezupft habe, gelegentlich, vor allem zuletzt, nachdem der Professor, seine Frau und der alkoholkranke Landarzt weg gewesen seien, und wie diese Musik in die Szenerie hineingepaßt und doch nicht ganz gepaßt habe, so daß dann die Sonja aufgestanden sei und die Tür zugemacht habe zum Zimmer, wo dieser das Gnadenbrot essende ehemalige Gutsbesitzer eben seine Töne von sich gegeben, das heiße der Gitarre entlockt habe, und wie dann diese Geste doch die Klugheit des Regisseurs habe offenbar werden lassen, denn ein schlechter Regisseur hätte den Gnadenbrot essenden Mann sich an den Tisch setzen lassen, zu Onkel Wanja, der Mutter von Onkel Wanja, zu der Nichte von Onkel Wanja, und hätte ihn da sein Liedlein zupfen lassen, so daß also dieser Trick, die Tür schließen, quasi das Spiel ausschalten zu lassen, eben auf die Klugheit des Regisseurs hingedeutet habe, wobei natürlich die Gitarrenklänge trotzdem durch diese dünnen Wände gedrungen seien, wodurch das Spiel in seiner Gedämpftheit um so intensiver auf diese Szene gewirkt habe, wo die Nichte des Onkel Wanja dem Onkel Wanja Mut zugesprochen und ihn aufgefordert habe, seine Last zu tragen, denn drüben, bei Gott, wollten sie dann ausruhen, dort sei dann alles licht, dort werde alles vergolten, dort sei der große Friede. Und das habe sie getan, nachdem sie dem abtretenden Landarzt spontan ein Stückchen weit nachgeeilt sei, um sich von ihm zu verabschieden, wobei sie sich zuletzt doch aufgefangen habe, ohne sich diese Blöße zu geben, um dann Onkel Wanja, der buchstäblich in Tränen aufgelöst gewesen sei, zu trösten, ihm sogar mit ihrem Taschentuch die Tränen wegzuwischen, ihn zu ermuntern, doch wieder zu arbeiten, wonach sie gemeinsam Rechnungen zu schreiben begonnen hätten, die schon lange hätten gestellt werden müssen, denn sie hätten ja, solange der Professor dagewesen sei, den ganzen Sommer über sozusagen nichts getan. Sie hätten Spaziergänge gemacht, miteinander geredet, wobei auch der Landarzt immer wieder aufgerückt, weil er in die Frau des Professors verliebt gewesen sei, die ihrerseits ebenfalls Feuer gefangen habe, zum Leidwesen ihrer Stieftochter, der Nichte des Onkel Wanjas eben, die den Doktor eingestandenermaßen schon seit sechs Jahren geliebt habe, ohne auf Gegenliebe zu stoßen. Und dieser Doktor sei nicht bloß Arzt, sondern ein Mann gewesen, der sich um die Umwelt, um die Gesellschaft, die ökonomischen und ökologischen Verhältnisse gekümmert und gesorgt habe, ein Mann, der gemerkt habe, wie die Tierwelt in Bedrängnis gekommen sei, schon damals, vor rund hundert Jahren, und der sich Karten angefertigt habe über das Auftreten der Wildenten, der Fasane, der Elche. Ebenso gesorgt habe er sich um den Rückgang der Wälder, um die unsinnigen Rodungen, um die Verluderung schlechthin. Aber vermutlich, sagte Katharina, gehöre das zum schwermütigen Menschen, daß er eigentlich die Tatkraft gegen die Schwermut eintausche, sozusagen, was natürlich nicht nur seine schlechten Seiten habe, denn im Grunde genommen machten uns die Tüchtigen die Welt kaputt, nicht die Untüchtigen, nicht die Kranken, nicht die Unterentwickelten und nicht die Alten, die Mongoloiden, sondern eben die Tüchtigen machten die Welt kaputt.

Auch die Bühnenbilder seien ausgezeichnet, die Wände in striemigen Rot-blau-beige-Tönen gehalten gewesen. Und die Bühne habe eine unglaubliche Tiefe evoziert. Und es sei einem vorgekommen, als hätte der Wind aus dem schwermütigen Land gelegentlich hereingeblasen, denn man habe ihn zu riechen, die Hitze des riesigen Landes zu spüren vermeint. Und es sei wirklich anzunehmen, daß dieser Anton Tschechow die Verkörperung des Künstlers schlechthin sei, das habe sie herausgefunden bei der Aufführung des *Onkel Wanja* in den Münchner Kammerspielen. Und sie glaube, daß die Deutschen bis dahin eigentlich Mühe gehabt hätten, Tschechows Dramen aufzuführen, weil sie diese durchstrahlte Schwermut, das Cachet des schwermütigen Landes nicht hinzubringen vermocht hätten. Nun sei es aber wie durch ein Wunder dem Ensemble der Münchner Kammerspiele geglückt, die Noblesse, den Wind, den Klang, die Wärme dieses schwermütigen Landes und seiner schwermütigen Eingeborenen wiederzugeben, das heiße, Anton Tschechows *Onkel Wanja* gerecht zu werden. Und sie halte das wirklich für ein kleines Wunder, daß das habe geschehen dürfen. Und es wäre schön gewesen, wenn Kaspar das auch mitbekommen hätte, aber nun sei er ja über den sieben mal siebzig Sternen, wo sich auch der Wanja und die Sonja ausruhten.

So sei auch sie, Katharina, in ihrem Leben, durch Kaspar und die Umstände, immer wieder auf das schwermütige Land gestoßen, seine schwermütigen Eingeborenen. Und die Geschichte dieses Raumes habe eine Ähnlichkeit mit der Geschichte des alten k. und k. Reiches, denn beide Räume hätten es verstanden, ihre Gestimmtheit aufklingen zu lassen, durch Jahrzehnte, durch Jahrhunderte hindurch, der eine in den Gesängen der russisch-orthodoxen Kirche, der andere in den Walzern des Johann Strauß, wobei die eigentliche Substanz des k. und k. Raumes aber in den Werken von Anton Bruckner, Gustav Mahler, Alban Berg nachklinge.

So habe sich also im *Onkel Wanja* das Leben, nicht nur der Leute des schwermütigen Landes, sondern der Leute schlechthin, dargestellt, und zwar eigentlicher als anderswo, sagte Katharina, wonach sie in der Stube auf und ab ging, die Hände auf dem Rücken verschränkt, als hingen ihre Gedanken den großen Matten des schwermütigen Landes nach, wo Kesselschlachten stattgefunden hatten, an denen Soldaten aus dem schwermütigen Land und Soldaten aus Ostpreußen, Vorder- und Hinterpommern, Mecklenburg, Schlesien beteiligt gewesen sind. Und bestimmt hatten in diesen Kesselschlachten Soldaten mitgekämpft, die von der Insel Rügen stammten, von wo Kaspars Mutter hergekommen war. Und ich muß sagen, daß dieses Ostpreußen, Vorder- und Hinterpommern, Mecklenburg auch für mich eigentlich so etwas wie Heimwehländer sind, Landstriche mit viel Wind.

Auch Onkel Wanja, sagte Katharina, sei ja in die junge Frau des Professors verliebt gewesen, in die Stiefmutter seiner Nichte also. Und eines Tages habe er sich beinahe hinreißen lassen, sie zu küssen, um ihr dann aber Herbstrosen zu versprechen, duftende, worauf er tatsächlich mit einem beachtlichen Strauß langstieliger Herbstrosen dahergekommen sei, gerade als die Frau des Professors und der Landarzt sich in den Armen gelegen und sich geküßt hätten, wonach Wanja die Stiele der Rosen inniger umfangen und sich dabei an deren Dornen verletzt habe.

Onkel Wanja und seine Nichte hätten seit langem das Gut bewirtschaftet, welches dem Professor gehört habe, und hätten dem Professor jeweils einen übersetzten Pachtzins in die Stadt geschickt. Onkel Wanja habe seinen Schwager, den Kunstprofessor, sehr geschätzt, seine kunsthistorischen Arbeiten beinahe auswendig gekonnt, um dann mit den Jahren festzustellen, besonders als der Professor in den Ruhestand getreten, daß diese Schreibe mehr oder weniger wertlos sei, weil sie wiederkäue, was schon lange vorhanden gewesen sei, so daß er zuletzt bloß noch seine Nichte und seine Herbstrosen gehabt habe, der Wanja, Herbstrosen, von denen er der Stiefmutter seiner Nichte einen Strauß zu schenken vorgehabt, welche übrigens das Wort *Herbstrosen* ergötzlich gefunden habe. – So gebe es also im schwermütigen Land nicht nur Matten, wo die Kesselschlachten stattgefunden hätten, mit Schädeln darauf und Gliedmaßen gefallener Soldaten, sondern es gebe, wie Kaspar in seiner Rede aus dem Grabe erwähnt habe, auch Birken in diesem schwermütigen Land, die im Herbst zu lodern begännen, über längere Zeit und weithin leuchtend, auch dort, wo es noch Elche gebe und Herbstrosen.

So würden sich die Sonja und Onkel Wanja wohl ausruhen über den Sternen und noch weiter weg, andererseits näher an jenem Klang, der aus dem Spiralnebel des Sternbildes der Jagdhunde herkomme und sich ausbreite bis an die Ränder der Welten. Worauf ich Katharina dahin korrigierte, daß nicht Kaspar, sondern ich von den Birken im schwermütigen Land geredet hätte.

Katharina lächelte, setzte sich aufs Kanapee, dorthin, wo sie zuvor an der großen Decke gehäkelt hatte.

Das Ticken der Küchenuhr glich dem Ticken der Standuhr im Pfarrhaus mit Meretleins Bildnis an der Wand.

Es roch nach Herbstrosen, an deren Dornen sich Onkel Wanja verletzt hatte, worauf alles erstarrte, auch die Rosen, während ein Luftzug vom Grasland hereinbrach, unmerklich natürlich. – Es seien nun Jahre her, sagte ich, seit die Leute aus dem schwermütigen Land über die Afghanen hergefallen seien, um diesen die *Segnungen* der Gängelung aufzunötigen, was Tausenden und Abertausenden das Leben gekostet habe. Ich erwähnte, daß man am Bildschirm junge russische Soldaten gesehen habe, Leute aus Sibirien, die zuvor noch keinem Berg begegnet und hier nun berggewohnten Widerstandskämpfern ausgeliefert seien, auf buchstäblich verlorenem Posten. Und ich erinnerte daran, daß ich damals, während meines Besuches in Amrain, am Karneval, ein Magazin angeschaut hätte, worin der Angriff von jenem Weihnachtstag rapportiert gewesen sei, der sowjetische Überfall auf Afghanistan, und daß ich noch heute diese Bilder vor Augen hätte, und daß es nun ungefähr neun Jahre her sei, grausame Jahre für die Leute, die in diesen Krieg verstrickt gewesen seien.

Aber auch einen Film aus dem Kampfgebiet in Kurdistan hätte ich gesehen, sagte ich, wo die Iraker eigene Landsleute, Kurden, verfolgt und mit Senfgas massakriert hätten. Man habe gesehen, wie etwa dreitausend Frauen, alte Männer und Kinder in eine Schlucht geflüchtet, von irakischen Helikoptern ertappt und mit Gasbomben bombardiert worden seien. Infanteristen hätten am anderen Tag die herumliegenden Leiber zu Haufen gesammelt und verbrannt.

In Tschechows *Onkel Wanja* übrigens erfahre man auch etwas über die Nichtigkeit der Kunst, über die Nichtigkeit des Geredes über die Kunst.

Vielleicht blieben die Birken, von denen es immer weniger gebe, und die Herbstrosen, was nicht ganz so sicher sei, denn die Rosen verwilderten ja, so daß aus Edelrosen im Handumdrehen wiederum Wildrosen würden, die zur Zeit der Heuernte blühten, zur Zeit der Holunderblüte.

Auch der Wind, das Licht blieben, das Schneien in großen Flocken – bei Windstille.

Von draußen war kein Geräusch zu hören, das heißt, gelegentlich fuhren Autos an dem Haus vorüber, wobei der Lärm anschwoll und dann plötzlich abbrach oder abrupt auftrat und danach ausklang.

Ich döste vor mich hin, während Katharina für Momente die Augen geschlossen hielt, sei's aus Müdigkeit, oder um ungestört durch jene Galerie flanieren zu können, wo die Bilder an der Ost-, West-, Süd- und Nordwand der Seele hängen, wie bei Kaspar die *Drei Frauen mit Winterastern*, das *Feld voller Gebeine, Base Elise am Ofen stehend, Die Lebensstufen*, Bilder, von denen er etwa geredet hatte, auch in Olten, als man den Rundgang machte, der Aare entlang, durch das Industriequartier, die Innenstadt, die Unterführungsstraße, wo sich das Zoo-Haus *Arakanga* befindet, dessen Name Kaspar fasziniert hatte.

Ein Gefühl der Losgelöstheit von allen Dingen dieser Erde überkam mich und die Gewißheit, daß Onkel Wanja und Sonja und Kaspar sich nun ausruhen, nichts mehr zu ertragen haben, während die Lüfte gehn, die Sonne scheint, die Astern blühn, während gefrühstückt, zu Mittag, zu Abend gegessen, geschlafen und geträumt wird, von einem schnurgeraden Kanal zum Beispiel, wo deutsche Doggen streunen, heiser bellend, so daß die Pappeln in den Hüften zu schwingen anheben, was die Wipfel ins Kreisen bringt, auch den Mond, das Gewölk.

Katharina räkelte sich, schaute mich an, lächelte und fragte, ob man noch ein Glas Rotwein trinken möchte. Amselfelder hingegen habe sie keinen auf Lager, sie wisse nicht einmal, ob dieser hierherum noch zu kriegen sei, Amselfelder, den man damals getrunken, als Kaspar den Monolog rekapituliert habe, den er an der Abdankungsfeier für seinen Bruder Philipp in der Kapelle des Krematoriums zu Neuenburg in sich hineingesprochen, da der Priester die Leichenrede in französisch gehalten habe, vor sechzehn, siebzehn Leuten. Und wo nach der Trauerfeier eine Rauchwolke aus dem Kamin des Krematoriums hochgestiegen sei, mit Gewalt sozusagen, dann noch eine und noch eine, wonach drei Möwen die oberste der Wolken durchstoßen hätten.

Katharina fuhr sich mit der rechten Hand über das linke, dann über das rechte Auge.

Auf dem Weg zum Krematorium seien Kaspar, die Johanna, die Gisela, die Nichte und sie, die Katharina, eine Weile am See entlanggeschritten, wo eine schwarzgekleidete Frau mit Brotkrumen einen Schwarm Möwen angelockt, woraus sich ein Möwenballett entwickelt habe, auf silbernem Hintergrund. Die Gisela hatte Kaspar eingehängt und die Johanna sei nebenher gegangen, während auf Hodlers Herbstbild im Museum eben Herbst geherrscht haben müsse, mitten im Januar.

Kaspar habe übrigens erst nach der Ausstellung *Ein Maler vor Liebe und Tod*, wenn sie sich recht erinnere, Zugang zu Ferdinand Hodler gefunden, nachdem seine Selbstporträts also mehr und mehr an Gebirgslandschaften erinnert hätten. Zuvor sei ihm dieser Hodler zu gesund, seien ihm dessen Holzhacker und Tellen als zu kräftig erschienen. Im Kunstmuseum Bern seien sie später auf Hodlers *Mähder* gestoßen, vor welchem er, Kaspar, lange gestanden und sich um die Wiesenblumen gequält habe. Sonst habe Kaspar, wie ich ja wisse, eine Liebe zu Turner gehabt, zu dessen Aquarellen, weil dieser Maler die Welt als Duft, als Klang zu begreifen vermocht habe. Und auch Caspar David Friedrich habe es ihm, dem Kaspar, angetan gehabt, sei dieser Maler doch der Künder jenes Landstrichs gewesen, aus welchem seine Mutter hergekommen sei, der Maler der Insel Rügen, der Ostseeküste, der böhmischen Landschaft, der Ruinen und Eichen, der Maler der tiefen Horizonte, aber auch der *Lebensstufen*, womit ihm (nach Kaspar) gewissermaßen die Darstellung der Toteninsel gelungen sei, mit Ausblick auf die Region des eigentlichen Lebens, die aber verhängt sei von abendlichem Gelb, Rosa, Lila, durchdrungen vom Klang aus dem Sternbild der Jagdhunde, sagte Katharina.

Ich schlug das linke Bein über das rechte Bein, umfaßte den oberen Teil des Unterschenkels, lehnte mich zurück und betrachtete die drei Stiche über dem Kanapee, welche Gräser darstellten, Kaspars Lieblingsgewächse.

Kaspar habe überhaupt in Bildern gelebt, hörte ich Katharina sagen, während ich mir überlegte, ob es sich bei den in Goldrahmen gefaßten Pflanzen um Wiesenrispengras, Ackerschachtelhalm, Englisches Raigras handeln könnte. –

»Schaust wieder den Toten nach«, habe die sechs-, siebenjährige Urenkelin einmal zu Kaspar gesagt, als sie ihn auf der Laube angetroffen habe, die Hände auf dem Rücken verschränkt, Blickrichtung Jura, sagte Katharina.

Als Knabe müsse er sich viel im Jura herumgetrieben haben, so daß ihm das Licht dieses Landstrichs, dessen Bäume, Blumen eingegangen seien, ihn geprägt hätten. Und vermutlich sei ihm auch der Geruch des Kalksteins in die Poren gedrungen, der Duft der Steinbrüche, der sich, wenn es warm sei und windstill, auszubreiten beliebe, über die Ebene hin.

Auf und ab schreitend kam ich noch einmal auf jenen Bericht zurück, der in der Zeitung gestanden hatte, verfaßt von einem Korrespondenten, der über Jahre in Moskau seine Zeitung vertreten und gegen Ende seines Artikels geschrieben hatte, bei einem Abendessen im Restaurant Zentralnaja im Stadtzentrum werde einem unter Stukkaturdecken und barbusigen Barockengeln bewußt, daß die Oktoberrevolution trotz der Allgegenwart von Lenin-Statuen in diesem Land auch zugleich wie ein Fremdkörper wirke. Im gleichen Saal hätten früher die ausländischen Komintern-Politiker gesessen. Heute bestelle – in Kontrast zu den Käuferschlangen vor den Alkoholgeschäften – eine zahlkräftige Kundschaft zur Borschtsch-Suppe flaschenweise französischen Cognac und amerikanischen Whisky. Aus der Revolution sei etwas anderes geworden, als beabsichtigt gewesen sei. Aber nun habe sich in dreieinhalb Jahren geistig wahrscheinlich mehr geändert als in dreißig Jahren zuvor.

Mit weiteren Überraschungen sei zu rechnen. Die Vorschußlorbeeren seien allerdings verwelkt, die Erwartungen trieben jedoch immer noch üppige Blüten.

Viele glaubten, daß die Sowjetgesellschaft den Wandel nicht schaffen könne, weil dieses Volk weder Reformation noch Aufklärung und in ihrer Folge den westlichen Zivilisationsprozeß selbst mitgestaltet und miterlebt habe. Die Oktoberrevolution habe eine ungehemmte Technikgläubigkeit aufkommen lassen, ohne aber die materiellen und geistigen Mittel bereitstellen zu können, diesen Glauben zu praktizieren. Gepaart mit dem unkritischen Fortschrittsglauben, der nach der Katastrophe von Tschernobyl erste Risse zeige, sei in der herrschenden Ideologie das Mißtrauen, ja die Verachtung gegenüber westlicher Demokratie und Massenkultur. Und gleich groß sei das Mißtrauen gegenüber der eigenen Kultur geblieben. Manchmal habe man das Gefühl, daß die Partei nicht um die eigene Zukunft kämpfe, sondern gegen die Gespenster der Vergangenheit. Und man frage sich, ob die Partei Angst habe vor dem eigenen Volk, das die Schwere der Verhältnisse in radikalen und manchmal zerstörerischen Individualismus umzusetzen gewußt habe und wisse. Die Angst der Partei vor dem Anarchismus des 19. Jahrhunderts, der lauere, wenn es zu *freiheitlich* werde, habe für den westlichen Gast auf Zeit, der sich in der Sowjetunion stets von staatlicher Kontrolle und Aufsicht umgeben wisse, etwas Groteskes an sich. Hier zeige sich vielleicht die historisch verwurzelte Ungewißheit über das Maß an Freiheit, das dem Menschen zustehe. –

Es fiel mir auf, daß Katharina noch immer schöne braune Haare hatte.

Seltsam sei es, sagte Katharina, daß Kaspar und auch ich, Rudolf Bindschädler, aber auch sie, Katharina, zeitlebens mit dem russischen, dem schwermütigen Volk gelebt hätten, einem Volk, das – nach Tschechows *Onkel Wanja* zu schließen – Herbstrosen möge, Kirchen mit vergoldeten Zwiebeldächern, Schneewüsten, vom Arbeiten rede, unter Balalaikaklängen vom Ausruhen träume, zur Freiheit geboren sei, dieser aber immer wieder mißtraue, zum Glauben wie geschaffen, diesen aber abzuschaffen gewillt gewesen sei, um zu guter Letzt aus dem Unglauben einen Glauben zu machen, wobei natürlich nicht alle mitgemacht hätten, beim Stiften einer Religion wider die Religion.

Und man wisse eigentlich nicht recht, ob das von den großen Matten herrühre, den riesigen Matten, grasbestanden, auf denen diese Kesselschlachten stattgefunden hätten, wo heute noch Schädel, Gliedmaßen herumlägen, ob diese Zerrissenheit, Offenheit, Herbstrosenhörigkeit von diesen riesigen Matten herstamme, den Schneewüsten, mit Zwiebeltürmen an den Rändern und Birken, die aufleuchten im Herbst.

Und auch die Große Newa, die Wolga, die Moskwa seien so riesig und träge. Und dieses Volk habe ja auch den Tolstoi hervorgebracht, und dieser Tolstoi habe dann seinerseits *Krieg und Frieden* hervorbringen dürfen, der einen begleitet habe, dieser Roman, über

Jahrzehnte hin, wo die Natascha drin vorkomme, Fürst Andrej Bolkonskij und der große Kutusow, der französische Romane gelesen, während der große Korse, der *Heldentenor*, ihm zugesetzt habe, so daß er, Kutusow, sich hinter Moskau habe zurückziehen und dieses dem *Heldentenor* habe überlassen müssen, worauf dann Moskau in Flammen aufgegangen und Pierre, der spätere Gatte Nataschas, beinahe gefangen und hingerichtet worden sei; ein Roman, der aufzeige, daß nicht immer die Sieger die Sieger seien, denn obwohl Napoleon die Schlacht bei Borodino mehr oder weniger gewonnen und danach keine Schlacht mehr stattgefunden habe, keine eigentliche zumindest, habe dieser *Heldentenor* das Heilige Rußland geschlagen verlassen müssen. Beim Übergang über die Beresina hätten Hunderte von Schweizern ins Gras, das heiße in den Schnee, ins Eis, ins Wasser gebissen, was ein Lied gezeitigt habe, das Beresinalied (»Mutig, mutig, liebe Brüder ...«), ein Lied übrigens, das die Schlummermutter dem Kaspar auf dem Klavier vorgespielt, als dieser seine Bude bezogen habe, in Burgdorf, der Garnisonsstadt, wo er das Technikum besucht habe, denn Architektur sei seine heimliche Liebe gewesen. Er habe etliche Male gesagt, daß ihn eigentlich nichts dermaßen aufwühlen könne wie ein Bauwerk, das ihm zusage. Besonders auch Innenräumen sei er verfallen gewesen. Und gerne wäre Kaspar nach Jasnaja Poljana gepilgert, auf das Gut Tolstois; hätte sich gerne auch Moskau angeschaut und vor allem St. Petersburg, von wo Schostakowitsch hergestammt, dessen Vierte Sinfonie ihm über lange Zeit nahe gewesen sei; auch dessen Streichquartette habe er sehr gemocht, obwohl er nur einige davon gekannt habe. Natürlich habe das schwermütige Land auch den Dostojewski hervorgebracht, dieser sei ihm, Kaspar, aber nicht geheuer gewesen. Pasternaks Lara habe er nachgehangen. Man habe überhaupt bei Kaspar das Gefühl gehabt, er pflege heimliche Liebschaften, papierene freilich, literarische, denn von Natascha und eben Lara habe er etwa geredet, zum Beispiel wie die Lara in einer Moskauer Wohnung Abschied genommen habe vom toten Schiwago und dann aufgebrochen sei, ohne wiederzukehren, sagte Katharina, lächelte, strich sich über die Haare.

Ich bekam den Winterpalast von St. Petersburg vor Augen, in seinen Grüntönen, dann Jasnaja Poljana im Schnee, das Haus Tolstois, wo er von 1862 bis 1910 gelebt hatte, und das ungefähr zweihundertfünfzig Kilometer südlich von Moskau im Distrikt Tula liegt, und sah dann eine Frau an der grünen Fassade des Winterpalastes vorüberschreiten, einen Schal um den Kopf, am linken Arm eine Tasche.

Katharina legte zwei, drei Scheite auf die Glut, setzte sich hin, goß Burgunder nach. Auf dem Kaminsims standen drei schwedische Porzellangebilde, die schon da waren, als ich Kaspar und Katharina zum erstenmal in Amrain besucht hatte, zur Zeit des Karnevals. Jetzt war Martinisömmerchen, wo die Welt zuweilen aus Duft und Licht besteht, wo die Berge schwerelos sind, auch der Jura mit seinen sieben Ketten, seiner

Felsmasse, die Milliarden von Grabsteinen hergeben würde. Und trotzdem mußte ich an den damaligen Karneval denken, an den Kindermaskenzug, dem Katharina, Kaspar und ich beigewohnt hatten. Kaspar mochte den Karneval, besonders den von Amrain, aber auch jenen von Basel, von Venedig, wobei er letzteren als den *gehobensten* empfunden hatte. Diesen venezianischen Karneval hätte auch ich gerne kennengelernt, den Karneval mit der entsprechendsten Staffage. Joseph Mallord William Turner hat sie oftmals eingefangen in Aquarelle, diese Karnevalsstaffage, dieses *Bühnenbild*, worin Richard Wagner sich wohlgefühlt hat, wo seine Opernseele sich ausgeweitet hat über die Lagunen hin, den Gestank der Kanäle, die mürben Fassaden, und wo er, der Richard Wagner, seine Seele dann auch ausgehaucht, wonach diese bestimmt noch eine Weile innegehalten hat, über den Kanälen, mürben Fassaden und Kuppeln, um darauf nach den Sternen zu entschwinden und weit darüber hinaus.

Ich erinnerte mich auch an Kaspars Aufenthalt in Venedig, von dem er geredet hatte im Spital zu Amrain, in seiner letzten Nacht, als es in großen Flocken schneite, und wo gegen Morgen hin das Schneien aufgehört hatte, während sich Nebel über Amrain auszubreiten begann, der sich verfärbte in der aufgehenden Sonne. Und ich dachte daran, wie Kaspar die untergehende Sonne mit feurigen Kugeln aus Glasbläsereien verglichen hatte, und bekam die Toteninsel vor Augen, wie Kaspar sie mir geschildert hatte, wo Kaspar, Katharina und ihr Sohn am Grabe Ezra Pounds gestanden hätten, und wo sich in Kaspar das Leben Pounds, soweit es ihm bekannt gewesen sei, repetiert habe, so daß dieser auch als Gefangener in einem Eisenkäfig hervorgetreten sei, zur Schau gestellt in Pisa. Das Grab Strawinskys, das sich auch dort befinde, habe ihnen nicht gefallen. Ich flanierte in Gedanken mit Kaspar, Katharina, dem Sohn auf dem Sandstrand des Lido, schaute aufs Meer hinaus, in den Abend und erwartete das Meerungetüm, von dem Kaspar geredet hatte, nahm zwischendurch einen Schluck Burgunder, dabei in die Glut starrend, die nun wieder aufgeflammt war, und glaubte, ein Trommeln zu hören, ein Gejaule vom Amrainer Karneval.

Chopins Polonaise Nummer drei erklang, denn Katharina hatte mittlerweile eine Schallplatte aufgelegt. Ich fühlte mich in die Stube über dem Stoffladen versetzt, wo Kaspars Schulfreund Hans diese Polonaise spielte, während der massige Wirt, die Hände in die Seiten gestützt, zuschaute wie ein Erntewagen eingeführt wurde, im Trab, in die Scheune der Brauerei, und fand ihn zart gebaut, diesen Hans, und sagte mir, daß er später Kaufmann geworden, den Weißwein und Zigaretten geliebt habe, dann in jungen Jahren gestorben sei, eine Frau und zwei Töchter hinterlassend; bekam polnische Wälder zu Gesicht, wo's noch Bären und Wölfe geben soll; roch die Stoffballen vom Laden herauf; gedachte der Klassenzusammenkunft im Saal über der Gaststube, der Gaststube der Brauerei, wo der massige Wirt jeweils Gäste herbeigelacht habe, die Trinker von Amrain, denen die Schmeißfliegen auf die Glatzen, die Handrücken geflogen seien, um danach, von den Trinkern verscheucht, in den Akazien zu landen, den verstaubten, die es nicht mehr gibt. Es roch nach Bier, während die zwei Kastanien an der Westseite, einem dunkleren Grün verfallen, den Amrainer Turnern nachzuhängen schienen, welche hier ihr Turner- oder Vereinsfoto hatten machen lassen, von dem eine Kopie als eingerahmtes Bild, fünfzig auf siebzig Zentimeter, hinter den Bergen, im Haus von Katharinas Tochter hängt, das Foto also, auf welchem die Amrainer Turner ihre Posen über siebzig Jahre durchzuhalten vermochten, überhaucht einzig von einem Perlmutterglanz, der auch das Schmiedeeisengeländer des Balkons erfaßt hatte, die herbstlichen Kastanien.

Beim Nocturne in Es-Dur stellte sich Chopin persönlich ein, inmitten der Klause zu Waldemosa, wo er mit George Sand und deren Kindern einige Monate zugebracht hatte, mit Aussicht auf das Tiefland von Mallorca, wo frühlings die Zitronen blühn, die Mandelbäume. Und ich dachte mir, daß es eine gute Sache sein müßte, zur Zeit der Mandelblüte durch dieses Tiefland zu flanieren, angetan mit Handschuhen, einer Melone, den Stock in der Hand, den Stock mit Silbergriff, versteht sich. Und die Musik aus Chaplins *Rampenlicht* mischte sich in das Nocturne ein, während Calvero, der Clown, rücklings von der Bühne fiel, in eine Pauke, worauf er, unter Applaus, in der Pauke hinter die Kulissen getragen wurde, von wo aus er – im Sterben – dem Tanz *seiner* Primaballerina folgen konnte.

Ich langte nach dem Glas. Katharina tat es mir gleich, pro forma zumindest, denn alkoholische Getränke waren nicht ihre Sache. Architekt habe er eigentlich werden wollen, der Kaspar, sagte Katharina, nachdem sie Chopins Valse etwas leiser eingestellt hatte. Aber es sei ihm letztlich natürlich nicht ums Bauen, um Aushub und Steineschichten gegangen, sondern um die Formen und Klänge der Baukörper, um die Architektur schlechthin, wie sie noch anzutreffen sei in italienischen Städten zum Beispiel, in Venedig vor allem, der Stadt Antonio Vivaldis, wo sich Kaspar ersichtlich wohlgefühlt habe, wo er aufgegangen sei in den Fassaden, Höfen, Kuppeln und Türmen, dem Wagnerschen Moder, denn Schönheit im Vergehen habe ihn, Kaspar, immer berührt.

Und zu diesem Venedig, dem wirklichen, wenn's überhaupt etwas Wirkliches gebe auf Erden, sagte Katharina, sei ja für Kaspar noch Viscontis *Tod in Venedig* hinzugekommen, der Film, den er, wenn sie richtig erinnere, sich dreimal angeschaut, obwohl ihn dieser eigentlich nie besonders getroffen habe; ein Film, der die Morbidität in Turnerschen Tönen habe aufklingen lassen.

Man überließ sich den Klängen Chopins, während draußen die erloschenen Birken vor sich hindösen mußten.

In Viscontis *Tod in Venedig* sei die Verfallenheit des Komponisten an einen Jüngling eingebettet in eine gewissermaßen aquarellierte, von der Pest bedrohte Stadt, die ihrerseits aus Mahlers Adagietto der Fünften hervorzugehen scheine, durch welches dann auch ein Schiff hingleite, und wo der Musiker am Lido sitze, Blickrichtung Meer, bedrängt von eben diesem Adagietto und der Verfallenheit, während sich in der Stadt die Pest breitmache, ohne Notiz zu nehmen von den Feuern auf den Plätzen und Gassen.

Der Architektur also hätte er eigentlich obliegen mögen, der Kaspar. Daß ihm ein ansprechendes Bauwerk habe näherstehen können als ein Text oder ein Musikstück oder ein Bild, habe ihn verwundert.

Sie hätten übrigens früh geheiratet, Kaspar und sie, Katharina. Kaspar sei dann in eine Fabrik eingetreten, vorübergehend, wie man geglaubt habe, es sei zur Zeit der Wirtschaftskrise gewesen, in den dreißiger Jahren, wo Hitler seine Machenschaften ausgebaut habe, mit Helfershelfern natürlich, denn einer allein könne so etwas nicht tun, das müsse breit abgestützt sein, das heiße, Hitlers Ideen, Vorhaben, Pläne, seine Erwartungen hätten die Erwartungen, Hoffnungen vieler gewesen sein müssen.

Man sei damals froh gewesen, Unterkunft und Auskommen zu haben. In der Fabrik habe Kaspar anfänglich geschweißt, poliert, gespritzt, habe jeweils in der Pause, vormittags und nachmittags, einen Apfel gegessen, draußen vor dem Fabrikeingang, zum Jura hinschauend, durch einen alten Kirschbaum hindurch, den es nicht mehr gebe. Auf sonntäglichen Spaziergängen dann habe Kaspar diesen Kirschbaum und den Geländeausschnitt dahinter nicht wiedererkannt. Es sei übrigens ein Kirschbaum mit einer mächtigen Krone gewesen, der direkt an der Straße gestanden, so daß die Hälfte der Krone sich über diese ausgebreitet habe, einen Baldachin bildend, frühjahrs voller Blüten, sommers mit Kirschen bestückt, im Herbst dann Licht abgebend, goldenes, während im Winter Amseln und Krähen die Äste *besessen* hätten, schwarz in schwarz gewissermaßen. Kaspar habe gerne mit den Händen gearbeitet. Er habe auch die Handwerker gemocht. Nach und nach habe Kaspar in der Fabrik die Produkte entwickelt, habe in der Leitung des Betriebes mitgewirkt. Der Gründer der Firma sei ein betriebsamer Mann gewesen, dessen Arbeitskraft und Disziplin Kaspar beeindruckt hätten. Über Stunden, Tage, Jahre, Jahrzehnte hin habe dieser Mann eisern seiner Betriebsamkeit gefrönt, um erst noch Kraft übrig zu haben, *Katz und Maus* zu spielen mit seinen Leuten. Unternehmer seien nicht so sehr mit Geschmack und Güte, als vielmehr mit einem Übermaß an Kräften ausgerüstet, was Ausschweifungen zeitige, Perversionen. Auf das Frühjahr und den Herbst hin seien jeweils Kollektionen neuer Produkte bereitzustellen gewesen. Kaspar habe dann nächtelang wachgelegen, Modelle kreierend, um sie danach in der Fabrik aufs Papier zu bringen und umsetzen zu lassen in Prototypen.

Kaspar habe über Jahre hin versucht herauszukriegen, wo die Arbeiter ihren *Motor* hätten. Er habe es nie herausgebracht.

Draht-, Blech- und sonstige Abfälle, auch Halbfabrikate, angehäufte, hätten Kaspar zuweilen an Happenings gemahnt, welche später anzutreffen gewesen seien in Kunsthallen, als Quasi-Kunst.

Und sie hätten zu Hause, mit Hilfe der Kinder,

sagte Katharina, Obst, Gemüse und Angorawolle *produziert*, nie ein Motorfahrzeug besessen, es beinahe Jakob dem Korber, Ziegenbauer, Imker und Baumwärter gleichgetan, der am Rain gewohnt, blaue Augen gehabt und im Gespräch hingeschaut habe – über das weite Land.

Die Glut im Kamin zog sich immer mehr unter die Asche zurück. Auf dem Kaminsims brannten drei Kerzen.

Ich dachte an die Totenfeier für Kaspar, und daß mir das mittlere Fenster im Chor besonders aufgefallen war, das Fenster, wo Jesus über die Wolken schreitet, die Arme seitwärts hochgehoben, Handflächen nach vorn. Er schien auf einen Abgrund zuzugehen, während zwischen seinen Armen ein Licht hereinströmte, ein mandelblütenfarbenes, das einen an Eden gemahnte, andererseits an Frédéric Chopin denken ließ, der mit George Sand ein paar Monate auf Mallorca zugebracht hatte, so daß er die Mandelblüten mitbekommen haben mußte, was ihn zu einem Mandelblüten-Stück animiert haben könnte, wonach mir auch der Friedhof zu Gertweiler vor Augen kam, von dem Kaspar erzählt hatte, wo im Schnittpunkt der Längs- und Querachse ein Kunststeinobelisk gestanden habe, um den sich die Gräber der Veteranen geschart hätten, Veteranen aus dem Ersten und solche aus dem Zweiten Weltkrieg, Gräber mit blühenden Rosen übrigens. Dieser Lichtfleck schien sich aber auch auf Kaspars Memoiren zu beziehen, so daß diese mandelblütenfarben aufzuscheinen beliebten. Und ich sagte mir, daß das Unbegreifliche zeitweilig doch begreiflich werde, sei es auch bloß in einem Lichtfleck über dem Haupte Jesu.

Ich wußte, daß sich dahinter der Kastanienbaum befindet, dessen Krone mit Eisenstangen zusammengehalten wird, auf daß sie, die sommers und winters den Himmel zu stützen hat, nicht auseinanderbreche. Und ich konnte mir vorstellen, daß, wenn der Sommerwind durch die Kastanienkrone streicht, die Glasmalereien lebendig werden, auf dem linken Fenster die Kinder also zu gestikulieren beginnen, das Gewand des Wolkenwanderers im mittleren Fenster sich bauscht, während auf dem Fenster rechts außen Jesu Lippen sich zu bewegen belieben, im Gespräch eben mit Maria Magdalena vor dem leeren Grab.

Vor dieser Staffage mußte Kaspar getauft worden sein, wobei er die Taufe stehend entgegengenommen habe, denn er sei drei, vier Jahre alt gewesen, als man ihn getauft habe, zusammen mit seinem Bruder Philipp. In dieser Kirche hatten auch die Totenfeiern für Kaspars Mutter, Vater und Schwester Julia stattgefunden.

Ich erinnerte mich, daß Kaspar in seiner Rede aus dem Grabe gesagt hatte, in der Bibel stehe geschrieben, im Anfang sei das Wort gewesen. Ich ergänzte, daß das Wort eben bei Gott, Gott das Wort gewesen sei; und dachte an Kaspars sieben Berge, hinter denen das Sneewittchenland liege, wohin ihn der schwarze Schimmel jeweils getragen habe, auf dem Heimweg eine Skabiose im Maul.

Katharina begab sich zum Kamin, stocherte in der Glut herum, legte aber keine Scheite mehr nach. Es war ungefähr einundzwanzig Uhr. Um zweiundzwanzig Uhr dreizehn wollte ich Amrain verlassen. Katharina setzte sich, schlug das rechte Bein über das linke Bein, griff nach dem Weinglas, prostete mir zu, um wiederum nur pro forma zu trinken, während ich einen großen Schluck nahm. Ich erwähnte, daß ich soeben an die Abdankungsfeier für Kaspar gedacht hätte, und daß mir das mittlere Fenster im Chor vor Augen gekommen sei, wo Jesus über die Wolken schreite, mit erhobenen Armen, zwischen denen Licht hereingeflossen sei, ein mandelblütenfarbenes, das mir als umgesetzter Klang aus dem Sternbild der Jagdhunde vorgekommen sei, im nachhinein, denn damals hätte ich freilich vom großen Klang, nicht aber von dessen Herkunft aus dem Sternbild der Jagdhunde gewußt.

Katharina lächelte, strich sich über den Kopf, verschränkte die Hände im Nacken und schaute ins Kerzenlicht.

Ich leerte mein Weinglas und stand auf. Katharina stocherte noch einmal in der Asche, da und dort auf Glut stoßend.

Man ging ins Zimmer nebenan, wo Kaspars Schreibtisch stand. Es war übrigens ein kleiner Raum, fast so etwas wie eine Mönchszelle. Ich erinnerte mich, daß Kaspar zeitlebens mit dem Mönchstum geliebäugelt, sich andererseits ein Leben ohne Katharina nicht hatte vorstellen können. Vom Bücherregal über dem Schreibtisch nahm Katharina einen Stich herunter: *Der Herthasee auf Rügen.* An diesem Herthasee auf Rügen seien sie gestanden, links neben der Buche im Vordergrund, die aber gerade am Boden gelegen habe, von einem Sturm gefällt. Genau so habe er ausgeschaut, der Herthasee mit seiner Umgebung, einzig die Sonne oder der Mond, was es auch sein möge, habe sich zur Stunde nicht an der gleichen Stelle befunden, und an Wolken könne sie sich auch nicht erinnern. Katharina stellte den goldgerahmten, etwas stockfleckigen Stich zurück auf das Tablar, den *Herthasee auf Rügen*, den Kaspar übrigens vom Sohn erhalten, der über Jahre als Stichhändler gelebt, ehe er zu malen und schreiben begonnen habe. Am Kasten in der oberen Stube hänge *Das Schlachtfeld von Borodino*, ein weiteres Geschenk von ihrem Sohn. Dann reichte mir Katharina das Fläschchen mit der Aufschrift *Erde aus Güstin.* Ich hob den Korken ab, roch an der Erde, bekam das große Familienbild zu Gesicht, welches ich damals in der Karnevalsnacht betrachtet hatte, wo Kaspars Mutter neben dem runden Tischchen sitzt, vom Betrachter aus links, mit einer Rose in der Hand, während Philipp als Sechs-, Siebenjähriger links von ihr steht, die linke Hand auf der Stuhllehne. Dahinter stehen die Julia, der Vater, die Gisela (als Braut), Schwager Ferdinand (als Bräutigam), die Johanna, der Benno und vor diesem der ungefähr dreijährige Kaspar, die rechte Hand auf der Lehne des Stuhls, auf welchem die Mutter von Schwager Ferdinand sitzt, mit einer Rose in der Hand. Ich verschloß das Fläschchen und stellte es zurück neben die Bibel, den *Herthasee.*

Kaspar habe von dieser Erde ein Säcklein voll heimgebracht, um auch ihren Kindern je eine Handvoll überlassen zu können. Die übriggebliebene Erde aus Güstin habe sie später, ohne jemandem davon zu berichten, auf Kaspars Grab gestreut, jene Erde, in welche seine Mutter, die Karoline Kasten, vor über hundert Jahren vielleicht Maiglöckchen gepflanzt habe, Vergißmeinnicht, sagte Katharina. Ich erwähnte, daß Kaspar mir seinerzeit die Reise nach Rügen in einem Brief beschrieben habe. Ich sei nun aber froh, den Stich vom Herthasee auf Rügen gesehen und an der Erde aus Güstin gerochen zu haben.

Man begab sich in die obere Stube. Katharina machte zum Abschied einen Pfefferminztee. Ich stellte mich unterdessen ans Fenster, schlug die Vorhänge zurück und schaute hinaus auf die große Matte des Eierhändlers, evozierte das Festzelt darauf, das rotweiß gestreifte, mit dem Vollmond darüber, hörte das Lied vom Hansjoggeli ennet dem Berg, vermischt mit dem Klang aus dem Sternbild der Jagdhunde, so daß der Raum zwischen den Sternen und der großen Matte des Eierhändlers gewissermaßen aus Klang bestand, während am Himmel eben die Sterne hingen, über welche der Bauer von nebenan geschritten sein mußte und weit darüber hinaus. Dann stiegen Raketen hoch, feurige Chrysanthemen imitierend, wie sie aufzutreten beliebten (nach Kaspar) über der Bechburg zur Zeit der Sonnwendfeier, die früher zusammengefallen sei mit dem Amrainer Karneval. Und dann waren die Gesichter da, die Gesichter der alten Männer im Chor, an Kaspars Totenfeier. Und ich sagte mir, daß hinter diesen Gesichtern Kaspar Baur vorübergeschritten sein mußte, vielleicht als jener, der in besagtem Metallwarenbetrieb gearbeitet und nach Zaponlack gerochen hatte, vor allem in den Anfängen des Betriebs, als die Metallgestelle noch unter freiem Himmel gespritzt worden sind, so daß sich der Geruch des Zaponlacks sogar über die große Matte des Eierhändlers ausgebreitet hat; und fand, daß diese alten Männer auch den Gründer des Metallwarenbetriebs gekannt haben mußten, der schmissige Autos gefahren, mit diesen schmissigen Autos sogar Leute zu Tode gefahren habe, worauf er sich einen Chauffeur zugelegt, der ihn, livriert, auszufahren und ihm beim Ein- und Aussteigen die Tür zu halten gehabt habe, wie's früher die Kutscher getan hatten, die Kutscher der Barone von Putbus, deren im Süden der Insel Rügen gelegenes Schloß nach dem Zweiten Weltkrieg geschleift worden ist.

Vielleicht hat der eine oder andere der alten Männer sich auch daran erinnert, daß Kaspar als Knabe im Turnverein mitgeturnt hat, als begabter Kunstturner, und daß er jeweils im Zirkus Wanner anzutreffen gewesen sei, der den Stummfilm aufs Dorf gebracht, so daß Kaspar seinen ersten Film, und zwar *Sacco und Vanzetti*, bei diesem Zirkus Wanner, auf dem Dorf und unter freiem Himmel mitbekommen habe, wobei die Sacktuchabschrankung im Winde geklatscht, während sich das Schicksal von Sacco und Vanzetti und deren Frauen auf der Leinwand abgespielt habe, kommentiert, untertitelt sozusagen, von Direktor Wanner, der ennet der Straße, aus einem Scheunenfenster heraus den Film auf die Leinwand projiziert habe, untermalt von Verdis *Rigoletto*.

Daran mußte vielleicht der eine oder andere der alten Männer gedacht haben, während auf dem mittleren Fenster Jesus über die Wolken schritt, die Arme erhoben, Handflächen nach vorn.

Katharina brachte den Pfefferminztee. Ich trank eine Tasse, verabschiedete mich und eilte zur Bahn.

»Bindschädler, nun endlich habe ich das Geburtshaus meiner Mutter betreten können«, stand in Baurs Brief geschrieben, den ich – kaum zurück aus Amrain – hervorgeholt hatte, »das Geburtshaus jener Frau, die an Hochsommertagen, jeweils wenn die Zeit und der Wind schlafengegangen waren, Melisseblüten zupfte.

Ein Kinderarzt aus Köln (zusammen mit seiner Frau) hat Katharina und mich nach Güstin gefahren, in einem älteren Volvo. Der Doktor offerierte uns die Reise, nachdem er von mir erfahren hatte, daß meine Mutter von der Insel Rügen stammte.

Über Lübeck erreichte man Uwe Johnsons Mecklenburg, das Land der Seen. Und man sagte sich, daß es ein flaches, stilles, ein altes Land sein müsse, und daß die Cresspahls eben dort gewohnt hätten und daß die Nazis auch in Jerichow gewesen seien, gehaust und gewütet hätten, und daß man sich nach Mecklenburg zurückgesehnt habe, auch in New York, daß man das Mecklenburger Leben repetiert habe am Hudson, daß am Hudson die Cresspahls weitergelebt hätten in den Köpfen der Gesine Cresspahl und deren Tochter, wobei letztere über Gesine gehört habe von den Leuten in Mecklenburg, den Handwerkern und

Bauern aus dem Land, das flach daliege, unter dem mecklenburgischen Himmel, und das ein stilles Land sei, nördlich der Mark Brandenburg, und das erfüllt sei vom Heimweh der Mecklenburger, die in Amerika begraben lägen, in New York ihrer Arbeit nachgingen.

Man erreichte Stralsund, nachdem man zuvor einen Zwischenhalt in Rostock gemacht, wo der Vater des Doktors eine Anwaltspraxis geführt hatte.

Über den Damm gelangte man auf die Insel Rügen, wo meine Mutter als Kind, als Mädchen und junge Frau gelebt hatte. Der Doktor, übrigens ein ausgezeichneter Kartenleser, Geograph und Historiker, fuhr uns durch Ulmen-, Eichen-, Birken-, Roßkastanien-, Ebereschenalleen und über einen Feldweg hin zu dem Weiler, wo man auf ein Herrenhaus stieß und große Scheunen, die am Zerfallen waren, während ein Ökonomiegebäude bereits in Trümmern lag: *Güstin*. In einem Häuschen aus den Nachkriegsjahren erhielten wir Kaffee und Gebäck vorgesetzt, erfuhren, daß es in Güstin Leute vom Geschlechte *Kasten* nicht mehr gebe, daß meine Mutter, als Schäferstochter eben, im Gesindehaus geboren worden sein müsse. Man begab sich dann zu diesem eingeschossigen, strohgedeckten Backsteinbau, der dem Fuhrknecht, dem Melker und dem Schäfer als Unterkunft gedient haben mußte, samt deren Familien natürlich. Jetzt war nur noch eine Wohnung belegt, und zwar von einem Geschwisterpaar, Flüchtlinge aus dem Osten. Über den gestampften Lehmboden der Küche gelangte man in die Stube, setzte sich hin, schaute in den Garten hinaus, hinter welchem Espen standen und Ruinen. Auch Gänse waren auszumachen, Schafe hingegen keine.

Der Doktor drängte zum Aufbruch, denn es wollte Abend werden. Ich beschaffte mir ein Säckchen Gartenerde, mit Erlaubnis des Gastgebers natürlich, der, wie gesagt, ein Flüchtling aus Ostpreußen war. Viele hier stammten von dort, auch aus Hinterpommern. Im Laufe der Zeit hätten sich einige Male auch Slawen hier festgesetzt. Man bedankte sich, tauschte kleine Geschenke aus, Adressen, brach dann auf nach Saßnitz, wo die Fährschiffe anlegen, welche die Verbindung aufrechterhalten zwischen Rügen und Schweden.

In Saßnitz ging man ans Meer hinunter, wo verlotterte Schuppen und Hafenanlagen anzutreffen waren, während das Meer heranrollte, auf welchem die Kaisermanöver stattgefunden haben mußten, denn meine Mutter hatte erzählt, daß sie jeweils während der Kaisermanöver die Schiffskanonen hätten brüllen hören, auch in Güstin, wo ihr Vater die Schafe gehütet habe, auf Stelzen, oft auch am Moor mit dem kleinen See.

Wieder im Hotel, versuchte man erneut, ans Essen heranzukommen, worauf man ins oberste Stockwerk verwiesen wurde, in die Bar, wo's eine Musikkapelle, dafür aber eine herrliche Aussicht aufs Meer gab, eine Aussicht bei Dämmerung und Wein, was eine Bilderflut auslöste, eine inwendige, die zu kommentieren man unterließ.

Und dann kamen die Fährschiffe, beleuchtet und

langsam, während die Paare zu tanzen begannen, was einen an den Kaiserball zu St. Petersburg gemahnte, an die Natascha, den Fürsten Andrej, Pierre Besuchow, dessen Kinder, an die Flädlisuppe, den Rindsbraten mit Kartoffelstock, den gemischten Salat, an das Menü eben, das die Natascha dem Besuchow und ihren Kindern zuweilen verabreicht haben mußte, das Menü aber auch vom Soldatentreffen, von dem ich Dir erzählt hatte, damals am Karneval, wo wir dem Kindermaskenzug beigewohnt und jenes Pärchen angetroffen hatten, dessen Kinderwagen gequietscht und geschwankt, was die mitgeführte Substanz durcheinandergebracht hatte, mit welcher dem Abbrechen der Amrainer Zeit zu begegnen gewesen wäre; indes die Fährschiffe also gravitätisch von Schweden herkamen oder nach dorthin entschwanden und die Musik sich überall dreinmischte, die Bar-Musik.

Beim Frühstück im Speisesaal des Erdgeschosses saß man wiederum an großen Fenstern, die aufs Meer hinausschauten und mit weißen Gardinen verhängt waren, Rauhreif simulierend, in Marcel Prousts Combray, wo zur Osterzeit die Winde über den Landstrich wandern, buchstäblich, während die Weißdornhecken zu blühen belieben und blühende Weißdornzweige auf den Altären der Kirchen liegen; wobei hinter den Gardinen die Ostsee lag, auf welcher vorzeiten Kaisermanöver stattgefunden hatten, so daß der Kanonendonner der Schlachtschiffe über die Insel rollte, auch über Güstin, wo die kleine Karoline Kasten vielleicht gerade Vergißmeinnicht in jene

Erde pflanzte, von welcher ich mir hundert Jahre später ein Säckchen voll ergattert habe.

Auf der Fahrt zu den Kreidefelsen hielt der Doktor in einem Buchenwald an. Die Stämme hatten den erwarteten Durchmesser, die Dichte des Waldes entsprach meinen Vorstellungen, der Boden war, wie ich es mir über Jahrzehnte gedacht hatte, von Buschwindröschen bedeckt. Einem Fußweg folgend stand man plötzlich vor einem See, der sozusagen haargenau jenem gezeichneten glich, der als Kupferstich, stockfleckig und goldgerahmt, auf meinem Bücherbrett steht: *Der Herthasee auf Rügen*. Die Buche im Vordergrund war da, wenn auch seit kurzem entwurzelt, die bewaldete Kuppe ennet dem See, der ansteigende Weg, der Grasplatz waren da, nur die Blätter an den Bäumen fehlten und die Sonne über dem See und deren Spiegelung im See.

Auf dem Königsstuhl, von Soldaten durch Feldstecher beobachtet, hielt man eine Weile inne, und zwar dort, wo Caspar David Friedrich gestanden und skizziert haben mußte, im Jahre 1818, auf seiner Hochzeitsreise, an einem heiteren Augusttag.

Ein Touristendampfer glitt den Kreidefelsen entlang.« –

Ich betrat den Balkon, stützte mich aufs Geländer, schaute über den See hin zur Insel, die verhältnismäßig gut auszumachen war, blickte zum Gewölbe hinauf, wo sich im Sternbild der Jagdhunde die Spirale befinden mußte, die zeitweilig aufklinge bis an die Ränder der Welten.

Nach dem Königsstuhl hätten sie Kap Arkona aufgesucht, hatte weiter in Baurs Brief gestanden. Dort befinde sich Schinkels Leuchtturm und die Fischerkapelle zu Vitt. Dann sei man nach Altenkirchen gefahren, habe dort eine Backsteinkirche angetroffen, die außerhalb der Zeit zu existieren scheine, anheimgegeben einzig einem leisen Zerfall, der gelegentlich aufklinge.

An der Nordseite der Kirche habe man Gräber vorgefunden, von Eisengittern umgeben. Das schönste gehöre dem Gotthard Ludwig Theobul Kosegarten, dem Dichter der Insel Rügen, der Pfarrer gewesen sei in Altenkirchen auf Wittow: dem *Land der Winde*, und zu dessen Freunden Schleiermacher gezählt habe, Caspar David Friedrich, Wilhelm von Humboldt, der von Rügens »kühner Schönheit« geschwärmt habe. Mit Goethe, Schiller und Herder sei er im Briefwechsel gestanden und habe Goethe Versteinerungen und Mineralien von der Insel Rügen nach Weimar geschickt.

Übrigens sei Kosegarten vor allem durch seine Uferpredigten für die Fischer zu Vitt bekannt geworden, wo er dann auch die erwähnte achteckige Kapelle habe errichten lassen.

Von Altenkirchen aus sei man nach Schaprode gelangt, habe dort wiederum die Kirche aufgesucht, diesmal unter Begleitung des Pfarrers, mit dem man über das Verhältnis von Kirche und Staat geredet habe. Im Chor sei gerade eine Frau aufgebahrt gewesen, eine aus Ostpreußen.

Um vom *Land der Winde* nach Schaprode zu gelangen, hätten sie die Wittower Fähre benützen müssen, und hätten auch diesseits wiederum Landschaften angetroffen, die zeitweise den Kranichen gehörten, welche mit ihren Schatten die Stoppeln streichelten, aber auch die jungen Saaten, wenn sie dahinzögen in Keilformation und trompetend.

Man sei an Ginst auch diesmal vorübergefahren, ohne die Kirche aufzusuchen, in welcher die Karoline Kasten getauft worden sein müsse; sei durch Birken-, Kastanien- und Eichenalleen nach Bergen gefahren, um sich in der dortigen Kirche umzuschauen, in der Hochzeitskirche seiner Eltern.

Nach der Fahrt durch Birnen-, Ahorn- und Ebereschenalleen habe man die Silhouette von Greifswald vor Augen bekommen, wie man sie von Bildern Caspar David Friedrichs her kenne. In der Stadt seien sie einer Gedenktafel für Gotthard Ludwig Theobul Kosegarten begegnet und einem Haus, wo der Doktor als Student gewohnt habe. Im Hafen sei ein Segler vor Anker gelegen, so daß man gewissermaßen ein nachgestelltes Bild vor sich gehabt habe, ein Friedrichsches natürlich. Zuäußerst auf der Hafenmauer hätten der Doktor und er einem Passagierschiff nachgeschaut (es sei übrigens ein sonniger Tag gewesen, mit etwas Dunst über dem Meer), das Richtung St. Petersburg verschwunden sei, wo der Kaiserball stattgefunden habe, an dem Fürst Andrej und die Natascha teilgenommen, wonach die Klänge, die Walzerklänge vom Kaiserball eben, ihr Leben gewissermaßen leitmotivisch strukturiert hätten.

Nach der Besichtigung der Klosterruine Eldenau, die Friedrich in mehreren Bildern festgehalten habe, sei man nach Neubrandenburg gekommen, in einen jener Landstriche also, die von Theodor Fontane geprägt seien. Dort hätten sie so etwas wie ein Heerlager angetroffen, hätten den Volvo weit weg vom Hotel parkieren müssen, um dann zu Fuß mit ihren Koffern in die Unterkunft zu gelangen, vor welcher auf einem riesigen Platz die Vereidigung von Rekruten stattgefunden, wozu auch das Küssen der Fahne gehört habe.

In Pommern, nahe der heutigen polnischen Grenze, habe man die Ortschaft ausfindig gemacht, wo die Frau des Doktors im Krieg als junges Mädchen in einer unterirdischen Munitionsfabrik habe arbeiten müssen. Am Bahnhof hätten Katharina und er sich zwischen die Geleise gestellt. Er habe dann den schnurgeraden Geleisen entlanggeschaut, besonders jenen nach Osten hin, welche durchs Pommernland hingeführt und sich in der Stille verloren hätten, aus welcher der Singsang aufgeklungen sei: »Maikäfer, flieg! Dein Vater ist im Krieg. Deine Mutter ist im Pommernland, Pommernland ist abgebrannt. Maikäfer, flieg!«

Auch hier habe es wiederum viele Soldaten gegeben und im Wald riesige Betonblöcke: Überreste der gesprengten Munitionsfabrik.

In Dresden habe man auf Caspar David Friedrichs Grabplatte einen Frühlingsstrauß gelegt; habe russische Soldaten beobachtet, die vor dem Abtreten den Mädchen nachgeschaut hätten; habe sich im *Zwinger* ergangen, in einem Wiener Kaffeehaus sich gütlich getan, während auf der Elbe ein Segler vor Anker gelegen, was einen an Friedrichs *Großes Gehege* gemahnt habe.

Auf dem Heimweg habe man in Weimar noch den Fuß auf Schillers und Goethes Pflaster gesetzt, habe deren Häuser bestaunt, freilich ohne Goethes Gartenhaus einzubeziehen. –

Ich zog mich vom Balkon ins Wohnzimmer zurück, setzte mich in den Voltaire-Stuhl, der offenen Flügeltür gegenüber, und dachte daran, daß ich auf der Industriestraße zu Olten die Seele mit dem kleinen Haus an der Ulica Dabrowiecka zu Warschau verglichen hatte, dem Museum des Ludwig Zimmerer, der etwa siebentausend Bildwerke naiver Maler und Bildhauer gesammelt und aufgestapelt hat; bekam den Ludwig Zimmerer vor Augen, wie er unter der Uhr stand, die so etwas wie Weltenzeit simulierte, während über der Insel die Sterne flackerten, als wehte der Weltenwind.

Bibliothek Suhrkamp

Verzeichnis der letzten Nummern

1166 Marcel Proust, Tage des Lesens
1167 Peter Weiss, Die Verfolgung und Ermordung Jean Paul Marats
1168 Alberto Savinio, Kindheit des Nivasio Dolcemare
1169 Alain Robbe-Grillet, Die blaue Villa in Hongkong
1170 Dolf Sternberger, ›Ich wünschte ein Bürger zu sein‹
1171 Herman Bang, Die vier Teufel
1172 Paul Valéry, Windstriche
1173 Peter Handke, Die Stunde da wir nichts voneinander wußten
1174 Emmanuel Bove, Die Falle
1175 Juan Carlos Onetti, Abschiede
1176 Elisabeth Langgässer, Das Labyrinth
1177 E. M. Cioran, Syllogismen der Bitterkeit
1178 Kenzaburo Oe, Der Fang
1179 Peter Bichsel, Zur Stadt Paris
1180 Zbigniew Herbert, Der Tulpen bitterer Duft
1181 Martin Walser, Ohne einander
1182 Jean Paulhan, Der beflissene Soldat
1183 Rudyard Kipling, Die beste Geschichte der Welt
1184 Elizabeth von Arnim, Der Garten der Kindheit
1185 Marcel Proust, Eine Liebe Swanns
1186 Friedrich Cramer, Gratwanderungen
1187 Juan Goytisolo, Rückforderung des Conde don Julián
1188 Adolfo Bioy Casares, Abenteuer eines Fotografen
1189 Cees Nooteboom, Der Buddha hinter dem Bretterzaun
1190 Gesualdo Bufalino, Mit blinden Argusaugen
1191 Paul Valéry, Monsieur Teste
1192 Harry Mulisch, Das steinerne Brautbett
1193 John Cage, Silence
1194 Antonia S. Byatt, Zucker
1197 Claude Lévi-Strauss, Mythos und Bedeutung
1198 Tschingis Aitmatow, Der weiße Dampfer
1199 Gertrud Kolmar, Susanna
1200 Octavio Paz, Die doppelte Flamme, Liebe und Erotik
1201 E. M. Cioran, Gedankendämmerung
1202 Gesualdo Bufalino, Klare Verhältnisse
1203 Friedrich Dürrenmatt, Die Ehe des Herrn Mississippi
1204 Alexej Remisow, Die Geräusche der Stadt
1205 Ambrose Bierce, Mein Lieblingsmord
1206 Amos Oz, Herr Levi
1208 Wolfgang Koeppen, Ich bin gern in Venedig warum
1209 Hugo Claus, Jakobs Verlangen
1210 Abraham Sutzkever, Grünes Aquarium/Griner Akwarium
1211 Samuel Beckett, Das letzte Band/Krapp's Last Tape/La dernière bande
1213 Louis Aragon, Der Pariser Bauer
1214 Michel Foucault, Die Hoffräulein

1215 Gertrude Stein, Zarte Knöpfe/Tender Buttons
1216 Hans Mayer, Reden über Deutschland
1217 Alvaro Cunqueiro, Die Chroniken des Kantors
1218 Inger Christensen, Das gemalte Zimmer
1219 Peter Weiss, Das Gespräch der drei Gehenden
1220 Rudyard Kipling, Das neue Dschungelbuch
1221 Sylvia Plath, Die Glasglocke
1222 Martin Walser, Selbstbewußtsein und Ironie
1223 Cees Nooteboom, Das Gesicht des Auges/Het gezicht van het oog
1224 Samuel Beckett, Endspiel/Fin de partie/Endgame
1225 Bernard Shaw, Die wundersame Rache
1226 Else Lasker-Schüler, Der Prinz von Theben
1227 Cesare Pavese, Die einsamen Frauen
1228 Zbigniew Herbert, Stilleben mit Kandare
1229 Marie Luise Kaschnitz, Das Haus der Kindheit
1230 Peter Handke, Phantasien der Wiederholung
1231 John Updike, Der weite Weg zu zweit
1232 Georges Simenon, Der Mörder
1233 Jürgen Habermas, Vom sinnlichen Eindruck zum symbolischen Ausdruck
1234 Clarice Lispector, Wo warst du in der Nacht
1235 Joseph Conrad, Falk
1236 Stefan Andres, Wir sind Utopia
1237 Virginia Woolf, Die Wellen
1238 Cesare Pavese, Der schöne Sommer
1239 Franz Kafka, Betrachtung
1240 Lawrence Durrell, Das Lächeln des Tao
1241 Bohumil Hrabal, Ein Heft ungeteilter Aufmerksamkeit
1242 Erhart Kästner, Die Lerchenschule
1243 Eduardo Mendoza, Das Jahr der Sintflut
1244 Karl Kraus, Die Sprache
1245 Annette Kolb, Daphne Herbst
1246 Giuseppe Tomasi di Lampedusa, Die Sirene
1247 Marieluise Fleißer, Die List
1248 Sadeq Hedayat, Die blinde Eule
1249 Olof Lagercrantz, Marcel Proust oder Vom Glück des Lesens
1250 Paul Celan, Schneepart
1251 György Dalos, Die Beschneidung
1252 René Depestre, Hadriana in all meinen Träumen
1253 Jurek Becker, Bronsteins Kinder
1254 Ryūnosuke Akutagawa, Das Leben eines Narren
1255 Cesare Pavese, Der Teufel auf den Hügeln
1256 Hans Magnus Enzensberger, Kiosk
1257 Paul Bowles, Zu fern der Heimat
1258 Adolfo Bioy Casares, Ein schwankender Champion
1259 Anna Maria Jokl, Essenzen
1261 Giuseppe Ungaretti, Das verheißene Land/Laterra promessa
1262 Juan Carlos Onetti, Magda
1263 Hans Blumenberg, Schiffbruch mit Zuschauer
1264 Hermann Lenz, Die Augen eines Dieners
1267 Mário de Sá-Carneiro, Lúcios Bekenntnis

Bibliothek Suhrkamp

Alphabetisches Verzeichnis